「失礼します」

「ん？」

レオン様が聞き返す。

私はそれに答えず、

「えい」と彼を
地面に押し倒した。

フィーネ・ヘルトリング
ヘルトリング伯爵家の長女。
聖女の妹がいる。
軍医として戦場を渡り歩いているが、
普段は後ろ向きな性格。
「決して君は妹——
聖女の代わりじゃない。
俺は君自身に惚れ込んだのだ」
「この結婚には愛はない、
そういうことですね」
レオン・ランセル
ランセル公爵家の当主。
フィーネに戦場で命を助けられ、
彼女に求婚する。

「気に入った。肝の据わったご令嬢のようだ。
レオンのパートナーとして申し分ない」
アレク
ランセル公爵家の執事。
騎士としての能力も高く、
《疾風の騎士》の異名を持つ。
ラピッドナイト
ゴードン
レオンの幼馴染。
騎士団長を任されており、
レオンからの信頼も厚い。
「レオン様はあなたの
ことになると、
普通じゃなくなるんです」
「フィーネ様が眩しすぎて、
真っ白に見える気がします！」
エマ
ランセル公爵家でメイドとして
働いている少女。
フィーネの専属メイドを任される。

そして――私たちは
口づけを交わしていた。
頭が真っ白になる。
だけど幸せ。

戦場の聖女

～妹の代わりに公爵騎士に嫁ぐことになりましたが、今は幸せです～

鬱沢色素

Ill. 呱々唄七つ

illust 呱々唄七つ
design たにごめかぶと（ムシカゴグラフィクス）
editor 庄司智

プロローグ

戦場には聖女がいる。

誰よりも清く気高く、誰よりも平和を愛する。

泥まみれになろうとも、必死に怪我人を救護する彼女の姿は、人々に勇気と希望を与えた。

どんな強面の男に詰め寄られようとも――絶体絶命の危機に陥ろうとも、彼女は怯まない。

男顔負けの度胸は、周囲も舌を巻く。

だが――知られていなかった。

普段の彼女はちょっぴり泣き虫で、性格も後ろ向き。

自分の考えも伝えられない謙虚な女性で、いつも人の半歩後ろを歩くような人物なのだ。

戦場では毅然として、奇跡と見紛うような治癒魔法を使う彼女の姿とは重ならない。

そんな彼女のことを、人々はこう言った。

戦場の聖女――と。

第一話

教会から聖女がやってくる。

その話を聞いて、戦場の最前線から離れた野営地はにわかに盛り上がった。

だけど私は周囲の雰囲気とは反比例して、ずしーんと気分が重くなっていくのを感じていた。

そして何人かの兵士を引き連れて、とある一人の女性が野営地を訪れると。

彼女は私一人を呼び出して、不快そうに顔を歪めた。


「汚い場所ね。醜悪なあんたには、お似合いの場所だわ」

扇で口元を隠し、聖女――妹のコリンナは私にそう吐き捨てる。

「…………」

「ふんっ、ちょっとはなんか言ったらどうなのよ。相変わらず根暗なんだから。それよりも……」

コリンナはハンカチで自分の鼻を押さえて、さらにこう続ける。

「汚いだけじゃなくて、臭いわ。あんたもよく、こんなところで働けるわね。体にくっさ～い臭いが染みついちゃいそう」

「……お言葉ですが」

私のことだけなら我慢が出来た。しかしコリンナは野営地の他の兵のこともバカにしている。

一歩踏み出し、私はコリンナの双眸を真っ直ぐ見据える。

「この戦場には私だけではなく、騎士の方々も多くいます。彼らは国や大切な人を守るべく、剣を取っているのです。あなたの発言はそれを貶めるもの。あまりそういった言動は――」

「……っ！」

私の言葉に、コリンナの表情が怒気を帯びる。


あっ、しまった。


そう思ったのも束の間、彼女は扇で私の右腕を叩いた。

「うっさいわね！　あんたごときが私に指図すんじゃないわよ！　なんてったって、私は聖女なのよ？　姉だからって、調子に乗るんじゃないわよ！　私はあんたのこと、姉だなんて思っていないんだからね！」

彼女の凶行に、私はいつものように耐えるしかなかった。


――ここは戦場。

争いによってなにかを得て、争いによってなにかを奪われていく場所。

剣と魔法で敵と戦い、そして人々は傷ついていく。

砂煙が舞い、火と血の臭いが鼻にこびりつく。

ここでは命の値段は安い。

贅沢なんてもってのほか。命さえあれば儲けものといった過酷な環境。

そこで私は『軍医』として働いている。

どうして私がここで働いているのか。

それを説明するためには、まず私の家族について話をする必要がある。


私――フィーネは代々、優秀な治癒魔法士を輩出するヘルトリング伯爵家の娘として生を授かった。

しかし私はお父様が侍女との間にもうけた、不貞の子だった。

そのことが原因でお父様からは煙たがられ、お母様からも露骨に嫌われていた。

そんな中で妹のコリンナが生まれた。

お父様とお母様の間に生まれた、待望の我が子。

コリンナは両親からの愛を一身に受けて、育てられた。

彼女は幼い頃から贅沢品を与えられ、一流の家庭教師の元で教育を受けた。

だからといって、両親は彼女のことを束縛しない。彼女の自由にさせた。

さらにコリンナの容姿は、女の私から見ても美しかった。

数々の男性がコリンナに恋をし、そして彼女自身も彼らと逢瀬(おうせ)を重ねた。

一方の私の容姿は彼女に比べたらみすぼらしいもの。

こういった違いが露(あら)わになっていくのに比例して、両親はコリンナをますます溺愛していった。


しかしコリンナが両親から溺愛されるのは、それだけが理由じゃない。

彼女は百年に一度と称される、天才治癒士だったのだ。


幼い頃から魔力に長(た)け、規格外の治癒魔法が使えた。

どんな傷や病気も癒(いや)すコリンナのことを、人々はいつしか『聖女』と呼んだ。

今の彼女は聖女として教会に勤め、数々の特権を与えられている。

彼女こそまさしく、ヘルトリング家の誇り。

私も治癒魔法が使えたけど、周りの人はコリンナのことしか見ていなかった。

それほど、彼女と私との差は開いていたのだ。


そして十八になったある日。

私は両親から、このように告げられた。

『明日から戦場で軍医として働きなさい。せっかく、ちょっとは治癒魔法が使えるんだ。せめて社会の役に立ってみせろ』


私に拒否権はなかった。

騎士団や軍隊に帯同する軍医という職業は、過酷なものだった。

前線から離れているとはいえ、戦場には死の危険が常につきまとうからだ。

どうして神は、私にだけ試練を与えるのだろうか。

最初は世の中を呪った。

魔法の爆風や兵たちの怒号は野営地にいる私にまで届き、恐怖による涙で枕を濡らした夜は数えきれない。

だけど戦場に出る騎士や兵士、冒険者の方々は私に優しくしてくれた。

『フィーネの妹が世界中の人々の聖女なら、お前さんは我々の——いや、戦場の聖女だ。いつもありがとな』


恩人の兵士長からそう言われた時は、嬉しすぎて泣いてしまったほどだ。

だから今はこの『軍医』という職業に、誇りを持っている。

それなのにコリンナが戦場をバカにするのは、どうしても聞き捨てならなかった。

「はあっ、はあっ……ちょっとは気が紛れたわ」

ようやくコリンナは怒りが収まったのか、息を整えている。

扇の当たりどころが悪かったのか、私の右腕は赤く腫れていた。

「まあ、いいわ。こんなとこ、さっさと仕事を済ませて教会に帰るんだから。本当に……どうして私がこんなところに……」

コリンナがぶつぶつと不満を零した。

聖女であるコリンナが、こうして戦場に足を運ぶ機会は滅多にない。

しかし聖女が来るというだけで、騎士たちの戦意は向上する。そうすることによって、教会の威光を見せつける効果もあった。

だけど問題はコリンナが、こういった場所にあまり来たがらないこと。

教会で衛生的で美味しいものを食べ、贅沢漬けの生活を送っている彼女にとって、戦場はまさしく地獄のような場所なんだろう。

だから今日のコリンナは、いつも以上に不機嫌に見えた。

「あんたもこれに懲りたら、私に逆らうんじゃないわよ。今度やったら……」

「聖女様！」

切羽詰まった様子で、一人の騎士がテントの中に入ってくる。

「あら、どうかされましたか？」

コリンナはさっと笑顔を作る。

裏ではこうして私を虐めるけど、それを表立ってはしない。

私の外聞を考えているというより、そんな事実がバレれば、自分の評価が下がるからだ。

やってきた彼は縋るような目をして、こう口にした。

「レ、レオン様が戦場で負傷いたしました！　とても酷い傷です。治せるのは聖女様しかいません！　どうかお願いします。レオン様を救ってください……！」

「レオン……ランセル公爵様のことですわね」

その瞬間、コリンナが騎士に見えないようにニヤリと口角を吊り上げた。

「分かりました。すぐに向かいましょう」

「感謝します！」

とコリンナは私を放って、テントから出ていった。

本来なら、コリンナは聖女としての使命感に駆られた……と考えるのが普通だろう。

だが、彼女の性格をよく知っている私だからこそ分かる。

公爵を助けることによって、恩を売ろうと思っているのだ。もし怪我人が公爵じゃなければ、彼女は彼を見捨ててさっさと教会に帰っていたはずだ。

とはいえ。

「……妹に任せておけば、大丈夫か」

コリンナの治癒魔法は本物。

彼女に任せておけば、レオン様も無事だろう。

そのことに安堵し、私は息を吐いた。


……しかし十分後。


「聖女様が逃げた！」

テントの外から、慌ただしい声が聞こえてきた。

「え……？」

私はなにが起こっているのか分からず、一瞬思考が停止してしまう。

聖女——コリンナが逃げた？

どういうことだろう。彼女はレオン様を助けにいったはず。それなのに彼を助けず、逃げたということだろうか。それならば何故？

「取りあえず、事情を聞きにいこう」

数々の疑問が頭の中を渦巻くが、このまま放置するわけにもいかない。

本当にコリンナが逃げたなら、レオン様が危険な状況だからだ。

立ち上がり、私は急いでテントの外に出た。

「きゃっ！」

すると——たまたまそこを通り過ぎようとしていたコリンナとぶつかり、私たちは共に転倒してしまう。

「痛……っ！　誰かと思ったら、フィーネじゃない！　こんなところでも足を引っ張るつもりなの？」

「す、すみませんっ。コリンナ——なにが起こっているんですか？」

普段なら臆してしまうけど、今は緊急事態。

こういう時の私は頭の中を切り替えて、相手が彼女でも平然と対応することが出来る。

コリンナは語気を強めて。

「……っ！　わ、私は忙しいのよ。早く教会に帰らなくっちゃ」

「帰る？　それはいいですが……レオン様はどうされているんですか？」

「レオン・ランセル公爵なら、もう手遅れよ。死人の世話をするほど、私の治癒魔法は安くないわ」

それを聞いて、私は胸が締め付けられるような思いとなる。

ここでは命の値段は安い。

私も軍医として働くようになってから長いので、今まで何人もの人を看取ってきた。

しかし——だからといって、人の死に慣れたわけではないのだ。

「たとえ手遅れだとしても、最後まで最善を尽くすのが聖女としての役目ではないでしょうか？

私が診てみます。レオン様は一体どちらに？」

そう問いかけると、コリンナの代わりに近くの男が怒りで顔を歪めた。

彼女が護衛として連れてきた兵士の一人だろう。

「て、てめえ！　聖女様が手遅れって言ってんだぜ？　お前みたいな、たかが軍医風情が治せるとでも言うのか？」

「レオン様はどこですか？」

「人の話を聞き──」

と彼が肩を乱暴に摑んでくるが、私は真っ直ぐ視線を逸らさずにこう口を動かす。

「もう一度、聞きます。レオン様はどこですか？　ここで押し問答をしている時間はありません」

すると彼は一瞬、怯んだような表情を見せた。

「ちっ……！　気に入らないわね、その顔」

「不快にさせたなら謝ります。ですが、今はレオン様が心配です」

コリンナが扇を振り上げるが、私は毅然とした態度を貫く。

「まあいいわ。レオン様はあっちのテントよ。みっともなく、足搔いてみなさい。あーあ、これだから自分が無能だと自覚してない子はやーねー」

とコリンナは少し離れたところにあるテントを指差してから、逃げるようにその場を走り去ってしまった。

もっと問い詰めたかったけど、今はそうしている場合じゃない。

私はすぐにテントの中に足を踏み入れた。

入ると、むせ返るような汗と血の臭いが鼻腔をついた。

普通なら思わず顔を顰めてしまうけど、この程度で私は逃げ出したりしない。

私が到着すると、その場にいる騎士が一斉に私を向いた。みんな、縋るような瞳の色をしている。

人を掻き分けて奥に進むと、先ほどコリンナを呼びにきた騎士の姿もあった。

「あなたは……？」

彼が私にそう問いかける。その声は震えていた。

「フィーネです。ここの軍医をしています」

手短に名乗る。

私は一つの場所に留まらず、戦争が起きれば各地の野営地や詰め所に派遣される。今回来た野営地もその中の一つだ。

ここにも昨日着いたばかり。まだ私の顔と名前を覚えている人も少ないだろう。

だから目の前の彼も、私の身分を尋ねたのだ。

「軍医……！　あ、あなたに頼みがあります！」

そう言って、彼は地面に膝を突く。

「聖女様はレオン様の様子を見た途端、悲鳴を上げました。そして『手の施しようがない』と、逃げるようにこの場を去っていったのです。現在のレオン様を見たら、そう思うのも仕方ないかもしれませんが……あまりにも無責任なことです」

彼の声には、コリンナを非難するような感情が含まれていた。

私は彼の言葉を聞きながら、ベッドに寝かされている男に視線を向ける。

――血塗れの騎士。


体中傷だらけで、誰が見ても酷い状態。大量出血のせいで意識を失っていて、その瞼は固く閉じられている。呼吸で胸が微かに上下しているが、それは今にも止まってしまいそう。

騎士の話を聞くに、この人こそがレオン・ランセル公爵なのだろう。

なるほど、レオン様の容態はかなり酷い。普通の令嬢なら、動揺して卒倒してしまうレベルかもしれない。

だからといってそれは、傷ついた人を見捨てていい理由にはならないのだけど。

「聖女様が匙を投げるくらいですから、もう手遅れなのかもしれません。しかしレオン様は、私……いや私たちの命の恩人。ここで見捨てることなど、到底出来ません。どうかレオン様を救って……」

「分かりました」

彼の瞳を真っ直ぐ見て。

私はこう即答した。


「私がレオン様を絶対に死なせません。安心してください」

「レ、レオン様は助かるのですか⁉」

私の言葉に、希望の光を見たのか。

騎士が前のめりになって、私に問いかける。

「はい。これくらいの傷でしたら私でも癒せます。ですが、時間が経てば経つほど危険な状態になりますので――話はこれくらいにして、失礼しますね」

私は横になっているレオン様の体を触る。

一見、華奢な体格に見える。しかしこうして触ってみると、意外と筋肉質。どういった状況で傷を負ったのかは分からないけど、公爵自らが戦場に出るくらいだ。ちゃんと鍛えているんだろう。

「出血が多いですね。でもこれくらいなら……」

治癒魔法を発動すると、手を中心として薄い緑色の光が灯った。

その光は拡散していき、テントの中を緑色に染め上げた。

「おお……！　なんて神々しい光なんだ！」

興奮した様子でお付きの騎士が言って、

「聖女様は治癒魔法すらかけずに、逃げたというのに……あなたは顔色一つ変えないんですね」

と続けた。

確かにレオン様の容態は酷い。

しかし戦場で軍医として駆け回っていたら、これくらいで野営地に運び込まれてくる人などザラにいる。

中には両足がなかったり、胸にぽっかりと穴が空いている人なんかも。

それに比べたら、今のレオン様は血塗れではあるけど五体満足だし、ちゃんと自分で息をしている。

正直……これくらいでどうしてコリンナが手遅れだなんて判断したのか、首を傾げてしまうほどだ。

「ああ……っ！　すごい。レオン様の血が戻っていく……っ！」

騎士の表情がさらに明るさを帯びる。

治癒魔法によって、レオン様の出血が止まる。そして新たな血が体の中を循環していった。

他の裂傷も瞬く間に閉じていき、彼が回復していっているのは見て明らかだった。

「あなたは一体……っ！　聖女様でも治せなかった傷をこれだけいとも容易く治癒するとは。ただの軍医とは思えな――」

「ちょっと！」

いい加減、我慢出来なくなった。

私は治癒魔法をかけ続けながら、先ほどからずっと一人で喋っている騎士の方へ顔を向ける。

そして語気を強くして、こう声を発した。

「隣でそんなに喋られたら、集中出来ません！　まだレオン様が危険な状態であることには変わりないんですよ？　話なら後で聞くから、静かにしてください！」

一瞬、彼は驚いた表情。

しかしすぐに。

「……失礼しました。奇跡を目の前にして、少々興奮してしまったようです」

しゅんと落ち込んで、体を縮こませた。


ちょっと強く言いすぎたかな？


だけど戦場で戦う人たちは、荒っぽい人が多い。

こうしてたまには強く言わないと、言うことを聞いてくれないのだ。

ただでさえ、気も動転しているんだろうし。

命以上に大切なものはない……それが私の信条。

命を救うためなら、たとえ騎士相手に不遜な言葉を使ったせいで、後で裁かれようとも私に後悔はない。

それから彼は一言も声を発さなかった。

椅子に座って拳を固く握り、ことのなりゆきを見守っている。

レオン様の身を案じているのだろう。

そしてしばらくすると……。


「ん……」

レオン様の口から声が漏れて、瞼もぴくぴくと動いた。

これにはお付きの騎士も立ち上がり、レオン様の元へ近付いた。

「レオン様！　レオン様！　私の声が聞こえますか？」

「ん……その声はアレクか」

「はい！　アレクです！」

レオン様が騎士の名を呼ぶと、彼——アレクさんの目から涙が零れ落ちた。

「俺は一体……確か不覚を取って……そ、そうだ。戦いはどうなっている⁉」

「安心してください。剣神(けんしん)には敗北いたしましたが——敵の兵も退(ひ)きましたし、しばらくは大丈夫でしょう。レオン様の活躍のおかげです」

「そ、そうか……」

回復したばかりだから、まだ頭はふらふらとしているのだろう。

しかしレオン様は戦いのことを気にかけ——そしてアレクさんから戦況を聞いて、ほっと胸を撫(な)で下(お)ろした。

「それだけ喋れれば、もう大丈夫そうですね」

私は腕で額の汗を拭う。

するとレオン様の顔がこちらを向いた。

「き、君は……ここの軍医か？」

「はい」

「彼女こそ、私たちの恩人です！　聖女様でも匙を投げたというのに、彼女はレオン様を治してくれて……」

「そうか……俺の命の恩人か。名前を、聞いてもいいか？」

「フィーネ・ヘルトリングと申します」

手短に名乗る。

レオン様はそれを聞いて、

「フィーネ……ヘルトリング……どこかで……」

と記憶を遡っていた。

「まだレオン様の容態は万全ではありません。考えるのは後ほどにしては。いかがでしょうか？今は回復に努め――」

と言いかけた時。

「ぐ、軍医はどこだ！　大変なんだ。このままじゃ、あいつが死んじまう！」

テントの外から、慌ただしい音が聞こえてきた。

「……どうやら私をお探しのようです」

ここは戦場。

レオン様だけではなく、次から次へと怪我人が運び込まれる。

私は患者を身分の違いによって、差別したりしない。

命は平等であるからだ。

私はレオン様たちにくるっと背中を向け、こう最後に言い残した。

「もう大丈夫だと思いますが、なにかありましたらすぐに私をお呼びくださいませ。あっ、言っておきますけど、立ち上がったりしたらダメですよ？　しばらくは体を休めてください」

「わ、分かりました！　私がレオン様を見張っておきます！」

「俺は駄々をこねる子どもか」

アレクさんの物言いに、レオン様が溜め息を吐いた。

やっぱり、こんなやり取りを出来るならもう心配はいらない。

私は次の患者へと頭を切り替えるのだった。


今回の戦争も大変だった。

昼夜問わず、私も軍医として走り回ったけど——儚く散ってしまった命は十や二十では収まらない。

全てが終わった後、緊張が解けたからなのか——悲しさと悔しさで、私の両目からは涙が流れた。

そんな私の背中を、レオン様が撫でてくれたことが、やけに印象に残っている。

だが、休んでいる暇はない。

私はすぐに次の戦場に軍医として派遣され、しばらく慌ただしい日々を送っていた。

そんな日々も少しは落ち着いてきた頃、久しぶりに私は実家に呼び出された。

あまり実家には寄りたくなかったけど、お父様の命令を無視出来るわけもない。

それに呼び出された理由が理由だ。

なんと——私にレオン・ランセル公爵様から、結婚の申し入れがきていたからだ。


——縁談の話に移る前に、まずは実家での私について説明すべきだろう。


実家での立場が低い私は、使用人のようにこき使われていた。

朝から晩まで働かされ、体はいつもクタクタ。

家族の誰かが癇癪(かんしゃく)を起こせば、すぐに暴力を振るわれる。

食事もろくに与えられず、固いパンと水のように薄いスープだけ。

さらには、寝室には使われていない馬小屋を与えられ、柔らかいベッドで寝るなんてもってのほか——と例をあげればきりがない。

こうした環境で過ごしていたから、戦場にも割とすぐに適応出来たのかもしれない。

だから実家に近付くと、それだけで発作を起こしそうになるが、私はそれをぐっと堪えてお父様の前に立った。

「お父様——私にレオン様から縁談の話がきているというのは、本当でしょうか？　それならばどうして？」

「知らん！　俺に聞くな。公爵も一体なにを考えているのやら……」

伯爵の爵位を与えられている私たちにとって、格上の公爵家からの縁談話は、喜ばしいことのはずだ。

しかしお父様はさっきから貧乏ゆすりをして、大層機嫌が悪そうだった。

「ですが、妹のコリンナならともかく、私になんて……不可解ですね。コリンナは――」

「黙れ！」

まるでなにか都合の悪いことを聞かれたかのように――。

お父様が怒声で、私の問いかけを遮った。

「コリンナは私の大事な娘だ！　いくら相手が公爵家であっても、あそこは国境の守りを任されている危険な土地だ。コリンナをそんなところに嫁がすわけにはいかんだろう！　そんなことも分からないのか！」

「も、申し訳ございません！　だからぶたないで……」

恐怖で体が縮こまり、咄嗟に顔を両手で守る。

お父様の怖さに比べたら、戦場で聞こえる戦いの音など小鳥の囀りのようなものだ。

「しかし公爵家と繋がりが出来るのは大きい。お前なら最悪、死んでもいい。だからお前がコリンナの代わりに、レオン・ランセル公爵のところに嫁いでこい」

鼻で息をするお父様。

なるほど……そういうこと。

公爵家との繋がりは欲しい。

しかし危険な領地に、コリンナを嫁がせるわけにはいかない。

そこでいつ死んでもいい私を、妹の代わりに公爵に差し出すことにしたのだろう。

なんなら、そこで死んでくれた方が助かる……そう思っている節もある。

「私でも大丈夫なのか——そう思ってそうな顔だな」

お父様は不快感で顔を歪ませ、こう続ける。

「なに、縁談話は『ヘルトリング伯爵家の令嬢』という指名だった。まさかお前に縁談話を持ちかけるわけがないので、当然コリンナのことだったのだろう。しかし裏を返せば、お前でも問題はないはず」

「は、はあ……」

レオン様にかなり失礼だと思うが、私がお父様に反論出来るわけもない。

「それに先日、戦場で公爵と会ったと聞いているぞ。その時に色目でも使ったんじゃないか？　お前は軍医じゃなくて、戦場で自分の体でも売ってるのか？」

バカにするように笑うお父様。

そう……私は先日、レオン様を助けた。

つい最近のことだし、もちろん覚えている。

しかしあれも戦場での出来事。

軍医が人の命を助けるのは当然のことだ。

それなのに命を助けるたびに求婚されていては、きりがない。

　私の違和感は拭えないままだった。

「分かれば、さっさと支度をして公爵家に向かえ。そのみすぼらしい格好だったら、私たちの評判まで悪くなるからな。最低限のものは持たせてやる。お前に支度金を渡すのは死ぬほど嫌だが……これも仕方がない」

　とお父様は私に背中を向ける。

　そして最後に、

「今まで役立たずだったお前が、ようやく私たちに恩返し出来るんだ。そのことを感謝するんだな」

　と言い残して、私の前から去っていった。

　あまりの剣幕に聞くのを忘れていたけど、レオン様はコリンナのことをなにか言ってなかったのだろうか？

　先日、彼女はレオン様を前にして逃げ出した。そのことはお付きの騎士……アレクさんも覚えているはずだ。

「お父様の態度も気にかかるしね……」

　お父様からそのことについて、追及されたくない空気を感じ取った。

　だからそれを問いただすような真似（まね）はしない。

　またお父様の逆鱗（げきりん）に触れて、今度こそぶたれるかもしれないからだ。

　数々の疑問を残しつつ、レオン様のいる屋敷（やしき）へと向かうことになった。

そして私は馬車を乗り継いで、ランセル公爵――レオン様の住む屋敷へと到着した。

入り口の正門では執事の方が出迎えてくれた。

「お待ちしていました、フィーネ様」

彼はそう言って恭しく頭を下げる。

透明感がある漆黒の髪。私を見る物腰柔らかそうな瞳には、安心感を覚えた。

それにしても――この方、どこかで見たことがあるような……。

「あっ」

気付き、手をポンと叩く。

「気付かれましたか」

と彼は柔らかく微笑む。

「アレクさん……ですよね？」

「はい、その通りです」

「どうしてそのような格好に？　あなたは騎士ではなかったのですか？」

アレクさん。

先日の戦場で、レオン様の傍で彼の身を案じていたお付きの騎士。

『軍医……！　あ、あなたに頼みがあります！』

あの野営地で、彼が必死に頼んでいた姿が、昨日のことのように思い出せる。

服装も雰囲気も違っていたので、気付くのが遅れてしまった。

突然の再会に驚いていると、執事——アレクさんはこう答える。

「戦争の時以外は、こうして執事をしているんですよ。どうですか、執事の格好もなかなか様になっているでしょう？」

アレクさんが両腕を広げる。

「ええ……とても似合っています。正直、驚きました。騎士の時とのギャップで、クラクラしちゃいます」

「ありがとうございます。ですが、レオン様を見ればもっと驚くと思いますよ。さあ、こちらへ」

アレクさんの後に続いて、屋敷の敷地内に足を踏み入れる。

当たり前かもしれないけど、広い敷地に大きい屋敷。

使用人が優秀なのか、管理も行き届いて、庭は宝石のように光り輝いて見えた。

「レオン様はこちらの執務室の中です。どうぞ、お入りください」

とアレクさんが扉を開けてくれる。

こんなに丁寧な対応をされたのは久しぶりだったので、少し戸惑いながらも——それを表情に出さず、中に入った。

「来たか」

執務室の一番奥。

机の前に座って、こちらを見つめる美しい男性がいた。

「あらためて名を名乗ろう。レオン・ランセルだ」

レオン様はその場で立ち上がり、生真面目な口調でそう言った。

正直、一瞬誰だか分からなかった。

先の戦いで一度お会いしているけど、あの時とは身に付けているものや雰囲気が違っていたからだ。

あの時のレオン様は、戦いに従事する騎士そのものだった。

だが、今のレオン様は気品にあふれ、その育ちの良さがはっきりと分かった。

そしてさらにレオン様は続けて、

「先の戦いでは、世話になった。君のおかげで、今の俺の命があると言っても過言ではない。本当にありがとう」

と丁寧にお礼を述べてくれた。

「い、いえいえ！　そんなそんな」

レオン様の佇（たたず）まいに、私は戸惑うばかり。

「あ、あの……そういった服装のレオン様も、とても素敵です。あの時とは少し雰囲気が違っていて……」

いきなり褒めるなんて、失礼だったかもしれない。

だけど仕方がない。

だって今のレオン様は本当に素敵だったからだ。


『ですが、レオン様を見ればもっと驚くと思いますよ』


先ほど、アレクさんにそう言われたけど、その意味がはっきりと分かった。

レオン様から放たれる強烈な色気に、私は頰に血が上っていくのを感じた。

「ありがとう。お世辞でも嬉しい」

褒められ慣れているためなのか。

レオン様は表情一つ変えずに、そう短く言葉を返したのみだった。

「そういう君こそ、戦場とは雰囲気が違うんだな」

「え？」

「戦場での君はもっと毅然としていた。普通の人間なら臆してしまうような状況でも、君は平然と立ち振る舞っていた。しかし……今の君はなんというか、少し臆病に見える。どうしてだ？」

どうして……と言われても、即座に答えを返せない。

私の職場——戦場は一分一秒を争う場所だ。

それなのに、ちょっとしたことでビクビクしていては、救える命も救えなくなる。

どう返答しようかと悩んでいると、レオン様はそれをさっと手で制し、

「すまない。責めているわけではないんだ。それより、まずはそこに座れ。立ったままでは落ち着いて話も出来ないだろう」

と私に促した。

「は、はい。では、お言葉に甘えまして」

と私はソファーに腰を下ろした。

テーブルを挟んで、レオン様も対面に座る。

「フィーネ様。テーブルに置かれているお菓子も、どうぞお召し上がりくださいませ。マカロンです」

緊張している私を気遣ってくれたのか、アレクさんがそう声をかけてくれる。

「い、いいんですか？」

「もちろんです。それとも……甘いものは苦手でしたか？」

「そんなことはありません——マカロン、大好きです！」

つい食い気味に答えてしまうと、アレクさんとレオン様は揃(そろ)ってきょとんとした。

「す、すみません……！　大きな声を上げてしまって……」

「いいえ、謝る必要はありません。先日、全く別のことが起こったので、面食らっただけです」

「？」

どういうことだろう？

「紅茶もお淹れしますね――どうぞ」

「ありがとうございます」

こんなに柔らかいソファーに座らせてもらって、マカロンも頂ける。

あまりの好待遇に、ちょっと罪悪感すら感じてしまうけど……せっかく用意してくれたのに、手を付けないのも逆に失礼だろう。

そう自分に言い聞かせて、マカロンを口に入れる。

「……！　美味しい！」

色とりどりのマカロンは、見ているだけで心が弾む。

そしてその味も一級品。

噛めば甘さがあっという間に口内に広がった。

ほっぺが落ちてしまいそうなくらいの美味しさ。

紅茶もマカロンの甘さによく合っている。これなら何個でもいけそうだ。

そのせいだろう。

気付けば、マカロンを食べる手が止まらなくなってしまった。

だけど。

「…………」

「す、すみません！」

途中でレオン様の視線に気付いて、私はすぐに顔を上げる。

いけない……。

お腹が空いていたのも、あったんだろう。それに甘いものなんて、滅多に口にすることはなかった。

目の前にレオン様がいることも忘れて、マカロンを夢中になって貪ってしまった……。

卑しいヤツだと思われていないだろうか……。

「何故謝る」

しかしレオン様は、私の懸念を払拭する。

相変わらず、表情は固いままだけど。

「正直、口に合わなかったら……と思って不安になっていたんだ。しかし安心した。君が喜んでくれたなら、それを選んだ甲斐があったというものだ」

「あ、ありがとうございます？」

なんのお礼だ……と思ったが、こういう状況は初めてなので、こう言ってしまったのも仕方がない。そう思おう。

とはいえ、マカロンと紅茶ばかり口にしていては、話も進まない。

私は後ろ髪を引かれる思いでマカロンから視線を外して、姿勢を正した。

「もうお腹いっぱいか？」

「は、はいっ。とても美味しかったです。ありがとうございました」

本当はもっと食べたいけど……我慢我慢。

これでも、私は一応伯爵令嬢。

あまりはしたない真似をして、結婚話がご破算になったら洒落（しゃれ）にならない。

お父様に鞭（むち）でぶたれること間違いなし。

「……君は妹と全然違うんだな」

「え？」

「なんでもない。さて……」

レオン様は首を横に振って、こう続けた。

「俺は君と夫婦関係になりたいと思っている。そのことはヘルトリング伯爵からも聞いているな？」

「はい、もちろんです」

レオン様の口からこう聞かされて、疑念が再燃する。

本当に私でよかったのだろうか。

すぐに追い返さず、これだけ歓迎してくれるのだ。

レオン様たちとしては、私が来てもなんら問題がなかったということだろう。

それなら、どうして……と。


しかしそんな私の疑問は、レオン様が差し出した一枚の書類を見て、解消されるのであった。

「これは契約書だ。目を通してくれるか」

その一番上には『結婚契約書』という文字が書かれていた。

「この度の話には君も不安を感じているだろう。婚約も経ずに、いきなりの話だからな。警戒しても無理はない。だから夫婦関係を維持するために、こういった契約書を作らせてもらった」

とレオン様が説明する。

すると後ろから、アレクさんの「うわぁ、本当に作ったんですね……」と呆(あき)れるような独り言が聞こえてきた。

少し気になったけど、今は目の前のこと。

私は結婚契約書にざっと目を通した。

そこには大きく分けて、三つの条項が書かれている。

一つは公爵夫人として、ふさわしい姿や行動を心がけること。これは当たり前だ。公爵家の妻といったら、お茶会や夜会に出る機会も多くなってくるだろう。その時、みすぼらしい格好をしていたり、貴族の常識を知らなかったらどうなる。私だけならいざ知らず、レオン様に恥をかかせてしまう。

二つ目は公の場では夫婦として、仲睦(なかむつ)まじい様を見せること。なるほど。夫婦仲が悪ければ、それだけで外聞が悪い。だが、どうしていちいちこんな条文を書いたのだろうか？　これには少し違和感がある。

しかし三つ目の条項に目が奪われてしまったために、最初の二つはさほど気にならなくなっていた。

『フィーネの治癒魔法はランセル公爵家、ならびに騎士団のために使用すること。しかしこれは強制ではなく、フィーネの活動は原則として自由とする』


「やはり、そこが気になるか」

私があまりにも露骨な態度だったためか――レオン様が淡々と口を動かす。

「君も我がランセル公爵家の事情は知っているだろう？」

「はい。国境の領地のため、帝国からの侵攻を防衛する役目を担っている……んですね？」

「そうだ」

とレオン様が首を縦に振る。

ゆえに、先の戦いではレオン様自らが戦場に出た。レオン様といえば、公爵家の当主でありながら、剣の腕も一流ともっぱらの評判である。

そのような事情から、彼のことを『公爵騎士』と呼ぶ者も多い。

公爵自らがそうなのだ。彼に仕えている騎士――ランセル騎士団は国内でも有数の強さを誇っている。

それも帝国からの侵攻を防ぐため。

つまり……。

「戦争が多いということだ」

さらにレオン様は説明を続ける。

「衛生兵や軍医は、いくらいても足りない。ヘルトリング伯爵家といえば、聖女も輩出しているし、そうでなくても代々治癒魔法に長けた一族だ。だから――」

「ええ、分かっています。あくまでレオン様は、私の治癒魔法の腕を欲した。この結婚には愛はない――そういうことですね」

私が言うと、レオン様は目を丸くした。

どうしてそんな表情をするのか分からないけど、今の私には彼の言いたいことが隅々まで分かる気がした。

お互いの利益のために結婚するけど、レオン様は私を愛するつもりはない。

だが、だからといって夫婦の体裁を整えていなければ、周囲からなにを言われるかが怖い。

だからこその結婚契約書。

私たちは契約によって結ばれた夫婦なわけである。

「あくまでこの結婚は政略的なもの。いわば契約結婚と称してもいいでしょうか。そう言いたいんですよね？」

レオン様も、自分の口からはそうは言いにくいだろう。

だから私が先んじて、レオン様が言いたいであろうことをすらすらと口にすると、彼の瞼がぴくりと動いた。

あれ？　この間はなに？

私、間違ったことを言った？

私が戸惑っていると、アレクさんがこう答えた。

「違いますよ。その条文はあくまで、建前のようなもの。これを付けなければ、他の者を納得させられないですからね。レオン様はあなたに――」

「そ、そうだ！　契約結婚だ」

しかしその声に被せるようにして、レオン様がそう断言した。

「先の戦いで、君の力は分かった。俺は君の治癒魔法に惚れ込んだのだ。君の力はランセル公爵家にとっても、有益なものだ。君を抱え込みたい、他の人に渡したくない……そう思ったわけだな」

「ですよね。有名な公爵騎士様が、私の腕を買ってくれるなんて光栄です」

これは皮肉じゃなくて、本当に嬉しかった。

「それに……あの戦場で軍医として、一度お会いしただけですもんね。それなのにどうして……と思っていましたが、これで謎が解けました。レオン様に好かれているかもしれない――と少しだけ思っていた自分が、恥ずかしいです」

「……っ！」

私の言葉を聞いて、レオン様はなにかを言いたそう。

しかしすぐにぷいっと視線を逸らしてしまった。

「はあ～～～～～～～～～」

何故だか、アレクさんが大きい溜め息を吐いた。

「妹は教会のお仕事で忙しいですからね。それに……戦場の空気にも慣れていません」

先日、傷だらけのレオン様を前に逃げ出したのも、きっとそれが理由に違いない。

「本当はレオン様も、妹のコリンナの方がよかったに違いありません。だからその代わりに私でもいい――そう考えているわけですか」

「そ、それは違う！」

レオン様がテーブルをバンと叩く。

いきなりの出来事だったから、つい驚いて目を大きくしていると「す、すまない」とレオン様は謝ってから、こう続けた。

「決して君は妹――聖女の代わりじゃない。俺は君自身に惚れ込んだのだ。もっと君は自分に自信を持ってくれ」

君自身に惚れ込んだ――。

嬉しさがじんわりと胸に広がっていくが、勘違いしてはいけない。

正しくは君自身の治癒魔法に惚れ込んだ、といったところだろう。

先ほどまで無表情だったレオン様の顔が、今では焦っているように見える。

こういう彼の表情も可愛くて魅力的だな……と、ちょっと失礼なことを思ってしまった。

「おお〜〜〜〜〜。レオン様、ちゃんと言えましたね」

後ろからはアレクさんの、賞賛するような声が聞こえる。

さっきから、独り言を呟いたり溜め息を吐いたり褒めたりで忙しい人だ。意外とお茶目な人なのかもしれない。

レオン様はそんな彼にキリッと厳しい視線を向けてから、咳払いを一度した。

「……まあ、そういうことだ。もちろん、君には不自由をさせないと誓おう。どうだ？　この度の婚姻、受けてくれるか？」

「謹んでお受けさせていただきます」

私がそう言うと、レオン様が口の端をピクリとさせた。

「そうか。良い返事をいただけて安心した」

だからきっと、レオン様のこの言葉も社交辞令的なもの。

「では、契約書に異存がなければ、こちらに署名してくれるか？」

「承知しました」

私は備え付けのペンを手に取り、契約書に名前を記入した。

「これで――俺たちは夫婦だ。式は後日、執り行うことにしよう」

表情を変えず、淡々と口にするレオン様。

契約結婚だから、そこに浮かれた雰囲気はなかった。

「今日は疲れただろう。君の部屋も用意しているから、そこで休んで欲しい――おい、アレク。案内してやれ」

レオン様がそう促すと、アレクさんは頷く。

私は再びアレクさんの後を付いていき、部屋に着いた。

「わあ……！」

そして用意された部屋を目にした瞬間、そう感嘆の声を上げてしまう。

「すみません。フィーネ様がレオン様との結婚に同意してくれるかは未知数だったため、こちらは臨時の部屋となっています。狭いかもしれませんが、少しの間辛抱を――」

「い、いえいえ、十分ですから！」

慌てて、顔の前でバタバタと手を振る。

アレクさんは狭いと言っているけど、私にしたら十分すぎる広さだ。

戦場では気を遣われて個室を用意してもらったけど、それでも寝るだけの手狭な場所だった。

実家は言わずもがな――それに比べたら、この部屋のなんと立派なことか。高そうな家具が並んでいて、ベッドも一人で寝るには広いくらい。

「本当にこんなに素敵な部屋を、一人で使っていいのでしょうか？」

「もちろんです。あなたは公爵夫人なのですよ？　臨時の部屋とはいえ――そんな方に、みすぼらしい部屋を用意するわけにはいきません」

「それはそうかもしれませんが……私は愛された妻ではなく、あくまでレオン様と契約関係の上にある夫人なのですし……」

「………」

何故だか――そう言った私の顔を、アレクさんは口を閉じてじっと見つめる。

「……まあここで私が伝えるのも野暮ですね。こういうのはレオン様の口から言わせるものです。ただ――お節介ながら一つ言っておくと、決してこの度の結婚は、ただの契約結婚ではありません」

「え……？　でも、結婚契約書に署名しましたし。当たり前のことしか書いていませんでしたが――普通はあんなの書かないですよね？」

「レオン様はあなたのことになると、普通じゃなくなるんです。契約書に書かれていた条項も、全てレオン様があなたに配慮したものです。直に分かると思いますよ」

「……？　はあ」

いまいちアレクさんの言っていることが分からず、私は曖昧な返事しか出来なかった。

彼はそれで言いたいことは全て言い終わったのか、軽くお辞儀をしてからその場を後にしていった。

「レオン様が私のことになると――普通じゃなくなる――」

アレクさんが口にした言葉を、私は反芻してみる。

しかしそうしてみても、疑問の答えは出そうになかった。

第二話

起床。

目を開けると、真っ白な天井。あったかくて、柔らかい布団。これにずっと身を委ねたくなってくる。

ここはどこ？　天国？

……って。

「そうだ……私、公爵家に嫁いできたんだった」

いつもと違いすぎて、理解が追いつかなかった……。

公爵家からヘルトリング伯爵家に縁談話がきて。それは私の治癒魔法の腕を見込んでのことで。

私は有り難く縁談話を受け――結婚契約書に署名をして、無事に結婚が成立したのだった。

その後、日ごろの疲れもあってか、用意された自室に着いた途端、ベッドで熟睡してしまった。

おかげで体は絶好調。

こんなに、体が軽く感じたのはいつぶりだろう。


トントン。

ノックの音。

「はい？」

扉の向こうに声をかけると、「失礼します！」と元気な返事と共に、一人の女性が中に入ってきた。

「奥様！　体調はいかがでしょうか！」

服装から察するに、彼女は侍女のようだ。

「え、ええ。とても快調です。こんなに素晴らしい部屋を用意していただいて、ありがとうございます」

ベッドから降りて、ペコリと頭を下げる。

「ふふっ、そう言ってもらえると私も嬉しいです！　それにしても、フィーネ様は私のような侍女にも礼儀正しいんですね。天使ですか？　聖女ですか？　フィーネ様が眩しすぎて、真っ白に見える気がします！」

声を弾ませる彼女。

かなり元気な子だ。私と同世代くらいだろうか？　こんなに元気な子と喋る機会はなかったので、ちょっと戸惑う。だけど不思議と不快にはならなかった。

「申し遅れました」

彼女は恭しく頭を下げて。

「この度、フィーネ様の専属侍女になったエマと申します。これでも幼い頃からここで働いているので、侍女歴は長いんですよ？　どうぞよろしくお願いいたします！」

「よ、よろしくお願いします」

専属侍女……私なんかにもったいない。

しかし私は公爵夫人になったのだ。これくらいは普通の待遇かもしれない。とはいえ、これを当然だと思わず、謙虚な気持ちでいなければ。

「色々話したいこともあるんですが……朝ご飯の時間です！　じゃじゃーん！」

あらかじめ用意していたのか、エマさんは廊下から朝ご飯を持ってくる。

「美味（おい）しそう！」

見ただけで分かる。美味しいヤツだ。

マフィンの上にカリカリのベーコンと、とろとろの卵が載った料理。

海鮮類も使われた色とりどりのサラダ。

朝ご飯と言いつつ、豪勢なお食事にさすがの私も気分が上向きになった。

「どうしましたか？　もしかして量が少な……」

「そ、そんなことありません」

食い気味に答える。

「あ、あの。本当に頂いてもいいんですか？　最後の晩餐（ばんさん）というわけではないですか？」

「なに言ってんですか⁉　ただの朝ご飯ですよ。最後なんかじゃないですし、気に入っていただけたらこれから毎日でもお出しします！」

「毎日！」

それはなんと——素敵なことだろうか！

さすがは公爵家。それとも、これくらいが普通なのだろうか？　朝ご飯なんて、戦場では簡素なものがほとんどだったし、実家ではそもそも存在していなかった。どれくらいが普通なのか分からない。

「さあ、冷めないうちにどうぞお召し上がりください！」

「は、はい、では……」

私は早速、朝ご飯に口を付ける。

「〜〜〜〜〜〜〜〜！」

なにこれ。美味しい。ほっぺが落ちちゃいそう。

こんなのが毎日食べられるってこと……？　ここが幸せのピークじゃないと信じたい。

ここに来てまだ二日目だというのに、驚くことでいっぱい。

気付けば、マカロンの時と同様に夢中で朝ご飯を食べていた。

「ふふふ、フィーネ様。とっても幸せそうです」

「す、すみません。はしたなかったですよね？」

「いえいえ、そんなことはありません！　私が作ったわけではないんですが……そうして美味しそうに食べて頂けると、自分のことのように嬉しくなってきます！」

「は、はあ」

エマさんのテンションに付いていけず、そんな曖昧な返事をしてしまう。

「あっ、よかったらエマさんも食べますか？」

「私も？」

「はい。私ばっかり食べてたら、申し訳なく感じますすし、なんだか食べにくいです」

そう言うと、エマさんの目が光った――気がした。

「いいんですか⁉　たかが侍女の私なんかに、そんな施しを！」

「たかが？　なにを言っているんですか。侍女も誇るべき仕事でしょう。エマさんは変なことを言いますね」

この世で不必要な仕事なんてない。

法に触れていない限り、胸を張るべきなのだ。

自分を卑下する必要なんてどこにもない。

「じゃあ、お言葉に甘えて……！　わっ、すっごく美味しいですね！」

エマさんもベーコンと卵が載ったマフィンを食べると、そう言葉を漏らした。

「ありがとうございます。レオン様には内緒ですよ？　フィーネ様にご飯を分けてもらったってことを知られたら、レオン様が激怒するでしょうから」

「もちろんです。でも……レオン様って怒ると怖いんですか？」

なにげなく聞いてみた質問だった。

「怒ると超怖いです」

　エマさんがブルブル震える。

「額にデコピンされます」

「デコピン？」

「指で弾（はじ）くようにして、相手にダメージを与える技です。レオン様のデコピン、とっても痛いんですから」

　エマさんの表情から察するに、なかなか恐ろしい技のようだ。

　レオン様を怒らせないようにしよう。そう固く誓った。

「まあ普段は優しいんですけどね。ちょっと愛想が悪くて女心が分からなくて融通が利かない――そんなところがありますが――」

「意外です。レオン様、とてもおモテになるように見えましたから」

　あれだけ美しい男性なのだ。

　今まで言い寄られた回数は数えきれないだろう――と思ったわけである。

　そうなると必然的に、女性の扱いも上手（うま）くなるはずだ。

「モテる――というのは間違いないですけどね。いざ女性を前にすると、それなりに取り繕うことは出来ます。ですが、それが女心が分かっていることには繋（つな）がらないでしょう？」

「そ、そういうものなんですかね？」

　恥ずかしながら、この歳（とし）まで恋愛なんてしたことがなかったので、いまいちエマさんの話に共感しづらい。

「だからレオン様が急に『結婚したい女がいる』と言い出した時は驚きましたよ。レオン様にも、とうとう春が来たんだ……って」

「違いますよ。私とレオン様は契約結婚で――」

「そうだ!」

私が言い終わるよりも早く、エマさんが手を打つ。

「私がここに来たのは、フィーネ様と朝ご飯を食べるためだけではなかったのです。フィーネ様、食べ終わったら始めますよ」

「なにをですか?」

「決まってるじゃないですか」

エマさんは拳を握って、気合満々にこう言った。

「身支度です」


「エマさん――今の私、本当に変じゃないでしょうか……?」

「なんということを言うんですか! 変どころか――とても素敵です!」

エマさんがそう目を輝かせる。

少し自信がなかったけど……鏡の前に立つ私は、本当にキレイに見えた。

パサパサだった銀髪はサラサラに。

肌も瑞々しく見えるのは、決して化粧のせいだけではないはず。

「お風呂にまで入らせていただいて、ありがとうございます。おかげさまで、レオン様の夫人として少しはふさわしく着飾れたと思います」

私だって女。

今まで許されなかっただけで、お洒落はしたい。

公爵夫人として、ふさわしい姿や行動を心がけること——という条項があるおかげとはいえ、こうしてやりたいことが叶えられたのは夢のようだ。

「いえいえ、これが私の仕事ですから。では……行きますよ。レオン様のところに朝の挨拶です」

「はい……！」

二人して、そう気合を入れ直す。

私たちは揃って、レオン様がいる執務室に向かった。

「失礼します。フィーネです」

「おお、君か。どうだ？　昨晩はよく寝られた——ん？」

そして中に入ると——レオン様は書類を持ったまま、一瞬動きを止めた。

徐々に頬が薄い赤色に染められていく。

ぼーっとして、口をパクパク動かしていた。

「あ、あの。やっぱり変でしょうか……？」

レオン様の反応を見て、早くも私は後悔し始めた。

彼の隣にいるアレクさんも私を見て、目を丸くしている。

言葉を失っているようだった。

それはそうなるか……。

エマさんは褒めてくれたけど、レオン様が同じ感想を抱くとは限らない。男性と女性では、見方も違ってくるだろうし。

しかし私が落ち込んでいるのを見てなのか。

レオン様は慌てて、こう口を動かした。

「い、いや！　断じて変じゃない！　昨日と違っていて、ビックリしただけだ。そう思わせたなら、素直に謝る。すまなかった」

頭を下げるレオン様。

「レオン様が謝る必要はありません。私の方こそ、すみませんでした」

「どうして君が謝る」

それはいつもの癖といいますか……。

実家にいる頃は、常に謝ってばっかりだった。言い返すなんてもってのほか。仮に怒りが理不尽なものでも、後の『お仕置き』が余計に辛くなるからだ。

「君は謝罪の言葉が多すぎる。そうだな……今から謝るのは禁止だ」

「禁止……？」

「状況にもよるがな。契約書には記載されていなくても、守れるな？」

レオン様が圧をかけてくる。

「は、はい。なんだかよく分かりませんが、レオン様がそう言うなら……お手数おかけして、すみませ――」

「禁止」

「――じゃなくて承知しました」

これは難しそうだ。

ちょっとしたことがあれば謝ってしまう。それが私の数少ない処世術だったから。

でも今度謝ったら、離婚されるかもしれない！

それくらいの危機感をもってやっていこう。

「レ～オ～ン～さ～ま～」

エマさんがレオン様にジト目を向ける。

「そんなことより、もっとフィーネ様に言うべきことがあるんじゃないですかあ？」

「そうです。フィーネ様も待っておられますよ」

アレクさんもエマさんの言葉に続く。

待っている……？

一体なんのことだろう。

「うむ……」

頭の中にたくさんの疑問符が浮かんでいる中、レオン様は顎に手を当てて私の姿をまじまじと見つめる。

こんなに人からちゃんと見つめられた経験がないので、恥ずかしい。

やがてレオン様はこう口を開いた。

「き、昨日よりこざっぱりしている。悪くないと思うぞ」

次の瞬間。

エマさんとアレクさんが揃って深い溜め息を吐いた。

「こんのっ奥手公爵が……そんな褒め方だったら、ちゃんと伝わらないです。もっと素直になればいいのに」

「やはりこの歳になるまで、まともに恋愛してこなかった弊害が……私の責任です」

ん？　ん？

二人がどうしてそんなことを言っているのか分からない。

「う、うるさいっ！」

一方のレオン様は顔を赤くして、大きな声を出す。

しかし私は三人がなにを考えているか分からず、首をひねるしかないのであった。

「そ、そんなことよりだ」

話題を逸らしたかったのか、レオン様がこう続ける。

「さっきから、なにか言いたそうな顔をしているが……なんだ？」

「はい。今日のお仕事はなにかなと思いまして」

この結婚は契約的なものだ。

私の治癒魔法を、公爵家のために役立たせるという類の。

だから今日から早速、なんらかのお仕事が与えられるに違いない。

「私、公爵家のためなら、なんでもやります。寝ずに頑張ります。三日くらいなら、問題なく仕事出来ますから。あっ、でも一週間となるとちょっとミスが多くなるかも……」

「そんな仕事はない」

えっ……？

「私……いきなりクビですか⁉　離婚ですか？」

「そうじゃない」

レオン様は溜め息を吐く。

「先日の戦いでは、我が騎士団が勝利した。しばらく帝国がちょっかいをかけてくることもないだろう」

何度も言うようだけど、この領地は国境線沿い。

そのためランセル公爵家は、帝国からの侵攻を防ぐ大事な役割を担っているのだ。

帝国は他国に積極的に戦争を仕掛け、急速に栄えている国。

しかし私たちの国も帝国に負けてはおらず——そのため小競り合いのような戦争が長らく続いている。

だけど。

「しばらく、戦いは起こらないと考えている」

レオン様はそんなことを言う。

「ゆえに治癒士——君の出番もなかなか訪れないな。とはいえ、別に俺はそれを強制するつもりはないが……」

「そうなんですね。だけど戦争がないのはいいことです」

「全くだ。戦争なんて、ない方がいいに決まっている」

とレオン様は首を縦に振る。

「だけど……それなら私はこれからなにをすればいいんでしょうか？」

「特になにもする必要はない。好きに過ごしてもらえばいい。夫婦として仲睦まじい姿を見せる必要があるのは、あくまで公の場だけだ。君を束縛する気はない」

なにもする必要はない。

レオン様にそう言われて、私は頭の中が真っ白になってしまう。

今までそんなことはなかった。

戦場では常に働いていたし、実家ですら雑用を押し付けられていたからだ。

「……どうした。まだなにか言いたげだが」

「い、いえ。どうすればいいか分からなくて……私、今日一日なにをして過ごせばいいんでしょうか？」

「まあなにもしないというのも、暇かもしれないな。なにかしたいことはあるか？」

「なにかしたいこと……」

そんなこと、聞かれたの初めてだ。

まだ頭は真っ白なまま。

なにがしたいのかも自分で分からない。

レオン様はじっと私の顔を見て、返事を待ってくれている。

きっとこの人は私が喋り出すまで、ずっと待っててくれるんだろうな。急かさない彼の優しさに感謝した。

「あっ……」

彼の透き通った瞳を見ていたら、一つの考えが浮かんだ。

「でしたら私、レオン様がどういったお仕事をされているのか知りたいです。さ、差し出がましいお願いでしたか？」

「仕事か……どうしてそんなものに興味が出るのかいまいち分からないが、それで君の暇が潰せるならいいだろう」

そう言って、レオン様は席を立つ。

「一度、騎士団のみんなにも、君を紹介しておくべきだろう。先の戦場では落ち着いて話をする場も設けられなかったからな」

「といいますと……？」

私が次の言葉を促すと、レオン様はこう口にした。

「行くぞ。場所は騎士の訓練所だ」


騎士の訓練所は、街外れの敷地に存在していた。

そして到着――野太い声が辺りに響き渡っている。

騎士のみなさんは実戦さながらに、武器を振るっていた。

レオン様が現れても、みなさんは彼に気を取られず、訓練に集中しているようだ。

「どう思う？」

訓練の様子を眺めながら、レオン様が私に問いかける。

「は、はい。みなさん、とてもお強いです。かなり練度が高い騎士団だと思います」

「分かるのか？」

「これでも軍医として、数々の戦場を渡り歩いていましたので」

「なるほどな」

感心したように、レオン様が一度頷く。

「今まで一つのところに長く従事したことはなかったのか？」

「ですね。戦争が終われば、また違う場所に派遣されて――というのを繰り返していました。同じ場所に留まったのは、最長でも三ヵ月くらいでしょうか」

「それでは毎度、環境が変わって大変だっただろう？　相手の都合によって、振り回される日々が続いたに違いない。辛かったんだな」

私のことを同情してくれるレオン様。

しかし。

「環境が変わって、そこに適応することは難しいですが……決して辛くはありませんでした。みなさん、私に親切にしてくださったので」

戦場だから、兵や騎士の方々も気が立っていて、たまには怒鳴られることもある。

しかし戦争が絡まない場合は、驚くくらいにみなさんは気の良い人たちだ。

そういう方々が、私は大好きだった。

「そう言えるのは素晴らしいことだ。しかし……悲しいな。君の話を聞いているとますます、まるで戦場以外の地獄を知っているような気がする」

探るような視線をレオン様は向ける。

戦場以外の地獄。

それは私にとって実家だった。

命の危険はないかもしれない。

だけど誰からも必要とされず、誰からもちゃんと見てもらえない——あそこはそんな場所だった。

レオン様の口ぶりだと、私の実家での扱いは知らないよう。

彼には言ってしまおうか……？

一瞬そう考えるが、すぐに首を左右に振る。

レオン様なら大丈夫だと思うけど……実家での扱いをレオン様に訴えたら、それがお父様に伝わってしまう可能性があるから。

だから今のところは曖昧な笑みを、答えの代わりとするしかなかった。

「レオン」

そんなことを考えていると、一人の騎士がレオン様を見かけて、こちらに駆け寄ってくる。

大柄な男性。

短く切り揃えられた燃えるような赤髪。

無骨な顔立ちで、そこにはいくつか傷跡のようなものが残っていた。

レオン様やアレクさんとはまた違った雰囲気を纏(まと)っているけど、外見からして騎士のようだ。

彼は不思議そうな表情で私を一瞥(いちべつ)したけれど、すぐに視線を戻して、レオン様と言葉を交わす。

「来てくれたのか。しばらく書類仕事が山積みだって言ってたよな？　こんなところに来て大丈夫なのか？」

「少しくらいなら大丈夫だ。それに我が公爵家にて人材は宝。人材を育成することは、我々にとって後回しに出来ることではない」

「違いねえ」

大柄な騎士はニヤリと口角を吊(つ)り上(あ)げる。

「あとで俺にも訓練を付けてくれ。書類仕事ばかりをして、体が鈍ったら話にならん」

とレオン様が肩をすくめる。

「いいぜ。子どもの時みたいにやりあおう。最近ではそんな機会、なかなか作れなかったからな。楽しみだ」

対して、拳を鳴らし楽しそうに笑う大柄な騎士。

「え、えーっと……」

仲が良さそうな二人を見て、私はなんて口を挟んだらいいか分からない。

そんな私に気が付いたのだろう、レオン様はこう言った。

「君に紹介しようか。こいつはゴードン。総指揮は俺だが──彼には騎士団の団長を任せている」

「よ、よろしくお願いします、ゴードンさん。私はフィーネと申します」

「……レオン、もしかして彼女が？」

「ああ。俺の……っ、妻だ」

頬を掻いて、少し噛みながら説明をするレオン様。

「くく、それは失礼した」

彼──ゴードンさんは膝を突き、深々と頭を下げた。

「レオンから紹介もあったが、あらためてオレからも名乗らせてもらおう。オレの名はゴードン。レオンの剣となり盾となる男だ。今後ともよろしく頼む」

「は、はいっ。騎士……ということは、もしかして前の戦争でも？」

「ん……そういやレオンから聞いたが、お前さんは軍医だったな。オレは前の戦いで、ずっと前線に出っぱなしだったからな。お前さんと顔を合わせる時間はなかった」

「そうだったんですね……」

別にそういうのは珍しくない。

それにあの時の戦争では、他に人も多かった。

ゴードンさんが私の顔を知らなくても、無理はないはず。

「ゴードン——俺の妻に、なんて口の利き方をしている。俺にはいいが、彼女に失礼な態度は許さんぞ」

私たちのやり取りを見て、語気に苛立ちを含ませるレオン様。

「あっ、別に私は構いません。それにあまり堅苦しいのも苦手ですから」

「おお、なかなか話が分かるじゃねえか。助かった。あまり丁寧な喋り方ってのは、慣れねえからな」

「全く……」

首のところを掻くゴードンさん。対して、レオン様は釈然としてなさそうな表情だ。

「それにしても……レオン様。随分、ゴードンさんと仲が良さそうなんですね？」

いくら騎士団の団長とはいえ、ゴードンさんから見ればレオン様は上司のはずだ。

それなのにざっくばらんな喋り方をしているのは、違和感があった。

「ああ。こいつとは幼馴染でな。今更、敬語で喋られてもむず痒いだけだ」

「オレは別にいいんだがな？　レ・オ・ン様」

「冗談は顔だけにしろ」

レオン様は無表情でそう答えた。

ん……待てよ？

「お、幼馴染？　とてもレオン様と同世代だとは——あっ」

失言に気付き、私は慌てて自分の口を塞ぐ。

レオン様とは違って、ゴードンさんは熊さんのように大きな体をしている。

歴戦の猛者を思わせる佇まいだし、つい私やレオン様より大分歳上だと思っていたのだ。

「老けてるって言いたいのか？」

ゴードンさんが私にそう問いかけると、レオン様は「ぶっ！」と吹き出した。

「い、いえいえ！　そんなことは……」

「まあ別にいいんだがな。それにこういう顔をしていたら、戦場では得するんだぜ？　相手に舐められないで済む。そんなことよりも……」

ゴードンさんは顎を手で撫でながら、こう続ける。

「オレの顔を見て、少しもビビらないんだな？　街中でお前さんくらいの歳の女とすれ違ったら、大体は悲鳴を上げて逃げられるんだが」

「え？　怖くなんてありませんよ」

私が言うと、ゴードンさんはきょとんとした。

「なんで、ゴードンさんがそんなことを言うのか分かりません。とても優しそうで、キレイなお顔じゃないですか」

「くくく、オレの顔が優しそうでキレイか……」

とゴードンさんがおかしそうに笑いを零す。

「この顔の傷を見て、まさかキレイなお顔なんて言われるとは思ってなかったぞ」

頰に刻まれた傷跡を指でなぞるゴードンさん。

「傷があるからといって、キレイじゃないことにはならないでしょう？　それに、傷は男の勲章と言うじゃないですか」

「男の勲章――ガッハッハ！　気に入った。肝の据わったご令嬢のようだ。レオンのパートナーとして申し分ない」

ゴードンさんは豪快に笑って、私の頭をぽんぽんしてくれた。

だけど私は戦場でもっと強面な人も見てきたし、なんなら実家のお父様の方が何十倍も怖い。そんなこと、説明出来るわけがないけど。

それにこんなに気持ちよく笑える人が怖いわけない。

ゴードンさんのことを怖がる人は、きっと彼の見た目にしか注目していないんだろう。

「優しそうっていうのも面白い。『鬼のゴードン』を前にして、そんなことを言っているヤツはお前さんが初めてだぞ」

「鬼のゴードン？」

「ああ。こいつが施す訓練は、国でも有数の厳しさだ。ゆえに陰で部下からそう呼ばれることもある」

とレオン様が説明する。

だけど。

「それも仲間の命を大事にするから……でしょう？　やっぱりゴードンさんは優しいです」

「ふっ、よく分かってるじゃねえか。こいつらを軟弱者に育てて、戦場で死なせたら悔やんでも悔やみきれないからな。まあそういうこった」

今もなお、訓練中の騎士たちを眺めて、ゴードンさんはニヤリと笑った。

「それで……だ。ゴードン、訓練の方は……」

とレオン様が言葉を続けようとした時であった。

「ぐあああああああ！」

訓練中の騎士の一人が悲痛な声を上げ、その場にうずくまる光景がここからでも見えた。

「ちっ……怪我人が出たようだな」

ゴードンさんが顰め っ面になる。

「悪いが、怪我人の救護に入る。話は落ち着いた時に……」

「待ってください」

走り出そうとするゴードンさんを引き止める。

「私も行きます」

「フィーネがか？」

「はい。この度の結婚では、私の治癒魔法をランセル公爵家のために使う——という契約になっています。きっとお力になれると思いますので」

そう言うと、ゴードンさんは目を見開いて、レオン様を見た。

「お前……アレクから相談されていたが、マジであの契約書を作ったのか？　言えばいいじゃないか。お前がフィーネに——」

「それ以上言ったら、二度と喋れないようにしてやる」

ゴードンさんがなにかを言いかけると、レオン様は厳しい口調で言った。

すると「参った参った」と言わんばかりに、ゴードンさんは両手を挙げた。

なにを言いかけたのか気になるけど……今はそれを問いただしている場合ではない。

私とゴードンさん、そしてレオン様は悲鳴を上げた騎士の元まで急いだ。

「大丈夫ですか？」

腰に手を当て、体をくの字にしている騎士のお方。

周りには、心配そうにそれを眺める他の騎士の姿もあった。

「は、はい……腰に持病を抱えていまして……ちょっと頑張りすぎました」

「てめえ！　無茶するんじゃねえって言っただろうが！　二度と立ち上がれなくなるぞ！」

ゴードンさんが彼を叱責する。

叱ってはいるけど、この方の身を案じてのことだろう。優しさゆえの怒りということだ。

ゴードンさんの切羽詰まった表情――そして彼の痛がり方を見るに、腰の持病は相当酷(ひど)いらしい。

「ちょっと見せてくださいね」

私が腰に手を当てると、騎士は「ひっ」と体をびくつかせた。

少し触るだけでも痛いんだろう。

だけど少しだけの我慢。腰の具合は分かったし、これなら……。

「ヒール」

即座に治癒魔法を発動した。

緑色の光が辺りに拡散していく。

「ほお……これは大したもんだ」

「だろう？　この魔法によって、俺は彼女に救われたのだ」

その様子を、ゴードンさんが感心して――レオン様はさも当然とばかりの表情で眺めていた。

そして。


「治りました。もう大丈夫ですよ」

彼の腰からそっと手を離す。

「どうですか？　もう痛みませんか？」

「え、あ……はい。痛くない……？　嘘だろ。こんなに早く、痛みが引いたことはなかったっていうのに……」

　彼はゆっくりと腰を真っ直ぐにした。

　戸惑いの表情で、体をくねらせたりジャンプしてみたりする。しかし痛みが走らないことに感動したのか、その顔に笑顔の花が咲いた。

「あ、ありがとうございます！」

　騎士は私の両手を握って、お礼を言った。

「いえいえ、これが私のお仕事ですから。それから腰の持病も治癒しました。これからは腰の痛みに悩まされることもないはずです」

「腰の持病も治癒……？　ほ、ほんとですか⁉　どんな治癒士でも治せなかったんですよ⁉　あなたは一体……」

　私の手を握る彼の手は震えていた。

「あまり俺の妻に気安く触れるな。まあ感動しているのは分かるがな」

　しかしそんな彼と私の間に、レオン様が割り込んでくる。

　ちょっと不機嫌なのか、顔がむすっとしていた。

「ガッハッハ！　レオン、嫉妬か？　男の嫉妬ほど見苦しいものはないぞ」

「うるさい」

ゴードンさんの軽口を、レオン様は一蹴した。

「それにしてもお前さん、すごいな。本当にこいつの腰の持病ごと治したのか？」

「ええ」

ゴードンさんの問いに、私は首を縦に振る。

戦っている人たちは、こういった持病を抱えやすい。あとは古傷が痛むというのも典型的な例だ。

そういった方々に対して――本人が嫌がれば別だが――治癒魔法をかけるのは珍しいことじゃなかったし、これくらいは朝飯前である。

「本当にありがとうございます！　これで――あっ」

騎士は私の姿を見て、なにかに気付いたのか。

すぐに申し訳なさそうな表情になる。

「す、すみません。キレイなお洋服が汚れて……僕が無茶をしなかったら、こんなことには……」

そこで初めて、私は自分のドレスを見た。

んー？　確かに、ちょっと砂埃が付いて汚れてるかな？

でも全く問題ではない。

それよりも目の前の彼を治癒することの方が大事だった。

「なにも謝る必要はありませんよ。それにこれくらい、ちょっと叩けばすぐ取れますから」

と私は汚れた部分をパンパンと叩きながら、こう言葉を紡ぐ。

「服が汚れるくらい、なんてことないです。あなたの一助となることが出来たなら、私はそれで満

私の言葉を聞いて、騎士がぼーっとした顔つきになり「せ、聖女……」と呟いた。

だけど聖女は妹の方だ。私ではない。

「君がいくらよくても、そのままというわけにもいかんだろう」

とレオン様が私を見つめる。

「帰ったら、着替えるといい。エマに頼めば、いくつか服を見繕ってくれるだろう」

「あ、ありがとうございます。ですが、私は本当にいい――」

「公爵夫人として、ふさわしい姿や行動を心がける」

有無を言わせぬ口調で、レオン様がさらに言葉を続ける。

「契約書にはそう記載されていたはずだ。服の汚れなど気にせず、誰かを助けるために動けるのは君の美点だ。しかし――君も女の子。汚れたままなのも嫌だろう？」

「で、では、お言葉に甘えまして……」

そうだ、私は公爵夫人。

みすぼらしい姿で、レオン様に恥をかかせるわけにはいかない。

だけど……どうしてだろう。

あの結婚契約書の内容が、全て私にとって都合のいいもののような――そんな気がした。

その後、騎士の訓練所を後にして、私たちは屋敷(やしき)に戻ってきた。

そこでエマさんに頼んで他に服を用意してもらって——着替え終わってから、昼食をレオン様と一緒に頂いた。

「ふう、もうお腹(なか)いっぱいです……」

朝食に続いて、舌がとろけそうだった昼食の味を思い出しながら——私はエマさんと一緒に廊下を歩いていた。

「フィーネ様、とても幸せそうでした」

「はい。たくさん幸せでした。エマさんも一緒に食べればよかったのに……」

「ただの侍女であるはずの私が、あの中に交じるのはおかしいでしょ⁉　今までそんなお気遣いをしてくれたのは、フィーネ様だけですよ」

「そういうものなんですかね？」

私たちがそうやって楽しくお喋りしながら歩いていると、屋敷の中庭に差しかかった。

普通ならなにも思わず、通り過ぎてしまうところ。

だけど私は中庭の花壇に目がいった。

「お花が……枯れてる？」

そこまで歩いていって、近くから花壇を見る。

土が黒ずんでいる。見ているだけで気分が重くなってくるような、そんな色をしていた。

そこに植えられている花もしおれていた。

「ああ、実は……」

困ったような表情で、エマさんが頬を手で押さえる。

「少し前からでしょうか。突然、花壇の土がこんな風に黒くなって、このように花が枯れてしまったんですよ」

「突然？　どうしてですか？」

「原因は調査中です。しかしどうしても優先順位は低くなってしまって、今のところ分からずにいます」

うーん……なんでだろう。

植物は専門外だけど放っておくことも出来ず、私は土に手を付ける。するとすぐに土の異変の正体に気が付いた。

「マナが……汚れている？」

「マナ？」

エマさんが首を傾げる。

魔法を使うためには魔力を消費する必要がある。そして魔力は大気や自然の中に含まれている『マナ』で構成されていると言われているのだ。

私のような治癒士や魔法使いは、自然の中にあるマナを拝借して、それを使いやすいように再構成しているというわけ。

このマナを自由自在に扱える者こそ、優れた魔法使いだとも言われている。

……ということを手短にエマさんに伝えた。

「なんてこと……ならば、どうしてマナが汚染されているんでしょうか?」

「原因は多岐にわたりますが……たとえば闇魔法を使えば、手っ取り早くマナを汚染することが出来ます。そうでなくても、生きてるだけで人間は汚れていくものでしょう? それと同じです」

だから定期的に土を手入れしてあげなければ、マナが汚染されていき、それと連動して植物が育たなくなってしまうのだ。

「どうにかならないのでしょうか?」

エマさんはさり気なく言った言葉なんだろう。

だけど私はそれを聞いて、治癒士としてのスイッチが入る。

「土を浄化してみます。治癒魔法とはまた違いますが……人間を癒すのと同じようにすれば、土を元通りにすることが出来るかもしれませんから」

「そんなこと出来るんですか⁉」

「やったことがないから分からないんですけどね」

レオン様との契約を思い出す。私の治癒魔法を公爵家のために使うという文言だ。

だからこうして存在価値をアピールし続けなければ、用無しと見なされて、離婚されてしまうかもしれない。

「浄化(ヒール)」

そう呟いて、土に治癒魔法をかける。

人間に治癒魔法をかける時には、緑色の光が灯る。

しかし不思議なことに、今は眩いばかりの真っ白な光だった。

治癒魔法を使って、今までこんな魔力の光は見たことがなかったので、「失敗かな？」と思ってしまう。

だけどそれは杞憂だったようで、

「つ、土が！　元通りになっています！」


あれほど黒ずんでいた土の色が、今では瑞々しい茶色に変わっていた。

「よかった……！　上手くいったみたいです」

人間以外に治癒魔法を使うのは初めてだけど、こうした自然にも効果があるみたいだ。

そんな例は聞いたことがないけど……私は今まで独学で治癒魔法を勉強し、習得してきた。妹のコリンナとは違い、誰にもまともに教えてもらえなかったからだ。

だからこれはもしかしたら、治癒士の中では常識なのかもしれない。

「すごいですよっ、フィーネ様！　早速、レオン様に報告を――」

とエマさんが言葉を続けようとした時だった。


あれ？

どうしてエマさん、倒れているんだろう。おかしいな。

でもすぐに気付く。

倒れているのは彼女ではなく、どうやら私みたいで――。

「フィ、フィーネ様!?」

エマさんの慌てた声を最後に、私の意識はぷっつりと途絶えてしまった。

◆　◆

『フィーネ』

優しい声。

『あなたの力は愛する人のために使いなさい』

――少しして分かった。

これは幼い頃の記憶。

あの時は本当のお母様は存命していて、私にいつも優しく接してくれた。

侍女の身で、お父様と体の関係を持ったお母様。

そこにどんな話があったのかは、最後まで語ってくれなかった。

しかし仕えるべき主と関係を持ったお母様は、周りから蔑まれ、お父様からすらも煙たがられていたが——いつも毅然として前を向いていた。

そんなお母様のことが私は大好きだったし、憧れでもあった。

『愛する人？』

幼い頃の私にはその意味が分からなくて、そう首を傾げる。

『今はまだ分からないと思うわ。だけど……あなたの本当の力はとんでもないもの。不用意に使えば、きっとあの男に利用されてしまうわ。だから——使っちゃダメ』

『う、うん』

なにを言っているのか理解は出来なかったけど、この時のお母様の表情が真剣そのものだったので、私は頷くしかなかった。

『フィーネは良い子ね』

そう言って、お母様が私の頭を撫でてくれる。

こうされていると不安や悩みは消え去って、いつも優しい気持ちに包まれるのであった——。

◆　◆

——フィーネ。

「ん……」

ゆっくり目を開ける。

「だ、大丈夫か⁉」

すると目の前にはレオン様のキレイなお顔があった。

「私……もしかして、気を失っていました？」

「そうだ」

レオン様の心配そうな声音。

「ぐすっ、ぐすっ……すみません。私がはしゃいじゃったから」

彼の後ろには、エマさんもいる。彼女の目元は赤く、今こうしている間にもしゃくりあげて泣いていた。

もしかして……私が心配で泣いていたんだろうか。

「エマから『フィーネ様が倒れた！』と聞いた時は、心臓が止まるかと思いましたよ。大事に至らなくて本当によかった」

さらにエマさんの隣には、アレクさんの姿もあった。彼はほっと胸を撫でトろしている。

そこまで分かって、あらためて現在の状況を確認する。

ここは……レオン様が用意してくれた私の部屋だ。実家の馬小屋とは比べものにならないくらい、広い部屋。

そしてそこのベッドに、私は寝かされているらしい。

傍らのテーブルには水と薬らしきものが置かれている。こうしていると、今の私はまるで病人みたいだ。

……いや、似たようなものかもしれないけど。

「ご心配おかけして、すみませんでした」

ペコリと頭を下げる。

「また謝ったな。約束を忘れたのか？」

「え……あっ」

レオン様から謝るのを禁止にされていたのが、つい頭から抜け落ちてしまっていた。

「まあ……今回だけは大目に見てやろう。しかし君が謝る必要はない。今はそんなことを気にするな」

「あ、ありがとうございます」

なんだか、こういう時にお礼を言うのは慣れないけど、また謝ってレオン様にむすっとした顔をされたら堪ったもんじゃない。

「え、えーっと……確か花壇の花が枯れているのを見かけて、治癒魔法をかけて……ってところで気を失ったと思うんですが、合っていますか？」

「合ってる。それをエマから聞いて、君をここまで運んできたわけだな。それにしても……本当に治癒魔法で汚れた土を浄化したのか？」

「はい。正しくは土に含まれているマナが汚染されていて……私はそれを治癒しただけですけどね」

「…………」

私が言うと、レオン様は思案顔になって、次にアレクさんの方を向いた。

「おい、やはりこれは……」

「ええ。ですが、今はフィーネ様のお体の方が大事。あまり考え事を増やされては……」

「なにを話されているんですか？」

「……っ！　なんでもないっ」

とレオン様はぷいっと顔を逸らした。

なかなかお茶目な動きだ。彼は所々、こういう可愛い姿を見せてくれるので、その度に私はほっこりする。

「フィ、フィーネ様が倒れた理由はやはり、魔力の使いすぎでしょうか？」

エマさんがそう質問する。

「そうかもしれないな。騎士の訓練所でも、治癒魔法を使っていた。魔法を使えない俺には分からないが、魔力が不足すると気を失ってしまうこともあるんだろう？　だから……」

「いいえ」

レオン様の推測に、私は首を左右に振る。

確かに、魔力を使いすぎると、魔力欠乏症という症状に陥って意識を失ってしまうことがある。

だから私たちみたいな治癒士や魔法使いは、魔力の残量に注意を払わなければならない。

しかし今日は騎士団の訓練所、そして中庭でのたった二回しか治癒魔法を使っていない。

戦場では数えきれないくらい治癒魔法を使うのはザラだったし、この程度で魔力欠乏症に陥ると思えないのだ。

だから私の考えは別にある。

「きっと朝から美味しいものを食べすぎたせいですよ。高級なものをいっぱい食べたせいで、体がビックリしたんだと思います」

「「「…………」」」

ん？

レオン様とエマさん、そしてアレクさんは三人揃ってきょとんとした顔になっている。

「いくらそうだとしても、気を失うまでにはいかないだろう」

「でも急に血圧が上がって、ふらふらしちゃったっていうのは？」

「昼食を食べた後ですからね。ですが、それだけで倒れるというのは違和感があります」

絶対にこれだ！　……という答えが見つかったと思うんだけど、三人はあまり納得していないみたい。

おかしいなあ？

やっぱり、この程度で魔力が切れるわけがないんだけど。

「まあ取りあえず、何事もなくてよかった」

レオン様は再び私の顔を見て、こう続ける。

「しかしまたこんなことになったら、俺の身が持たん」

「……？　どうしてレオン様の身が？」

「心配するんだ」

心配……。

そうだ。私はレオン様を心配させた。せっかく治癒士を抱え込んだのに、意識を失ってそのまま死んじゃいました～じゃ、レオン様の心労も大きなものになるだろう。

「だから命ずる。君はしばらく、治癒魔法――いや、治癒魔法に限らず、魔法全般は使うな」

「そ、そんな……」

レオン様が治癒魔法限定ではなく、魔法全般と言い換えたことに少し違和感を覚えたけど――そんなことが気にならないくらい愕然としてしまう。

治癒魔法を使えない私なんて、ただの小娘だ。

これではなんのために、公爵家に嫁いできたのか分からない。

「わ、私……治癒士として失格でしょうか？　こんな程度で倒れてしまう治癒士は、必要ないってことでしょうか？　離婚ですか？」

「だから離婚はせん！　早とちりするな！」

レオン様の大きな声が部屋に響き渡る。

「君は優秀な治癒士だ。自信を持て。だが……君はたとえ治癒魔法を使えずとも俺の大切な妻だ。それは変わりない」

「で、でも……」

「とにかくしばらく魔法は使うな。言ったからな？　謝るのを禁止にした時とは比べものにならないくらい、これは重要事項だ」

そう言って、腕を組むレオン様。

この調子だと、彼を説き伏せるのも難しそう。いまいちレオン様の考えていることが分からないけど、従っておこう。

「そ、そういえばなんですけど」

その視線に耐えきれず、私はこう話題を逸らす。

「先ほど、目覚める前に私の名前を呼ぶ声が聞こえたんですが……あれは誰の声ですか？」

そういえば……幼い頃の夢を見ていた気がする。

お母様に言われた『あなたの力は大切な人のために使いなさい』——という言葉。

今まで忘れてたのに、どうして今更あんな夢を見たんだろう？

「……！」

私が考えている間にも、レオン様が見るからに狼狽(ろうばい)し始めた。

「き、聞こえていたのか？」

「はっきりとは聞こえませんでしたが……なんとなくは」

そう言うと、アレクさんは微笑(ほほえ)ましそうに、こう口にする。

「ふふ、そうなんですよ。レオン様、あなたが気を失っている時に何度も……」

「とにかくだ！」

それを遮るように、レオン様は勢いよく立ち上がる。

「君はしばらく休め。魔法も使うな。もしそれを破った場合は……」

「離婚……でしょうか？」

「離婚はせん！　何度も言わせるな！　君はどうして、そう離婚をチラつかせてくるのだ！　そうだな。約束を破った場合は……」

とレオン様は中指を内側に丸め、それを親指で押さえた。

なにをするつもりなんだろうか？

そう思った直後、親指からの束縛から解き放たれるかのように、中指がピーンと伸びる。

「デコピンの刑だ」

レオン様は無表情のまま、そう口にする。

「は、はい。分かりました」

すっごく痛そうだ……。

その証拠に隣でエマさんがブルブルと震えている。彼女は「レオン様は怒ると超怖い」と言っていた。さらにデコピンという必殺の技があるということも。

なんとなく、彼女がレオン様のデコピンを恐れる理由が分かった気がした。

レオン様が立ち去ってからも、先ほどのデコピンの光景が目に焼きついて離れないのであった。

執務室。

「なあ、どう思う？」

「どう思うと申されますと？」

そこで俺はアレクと二人きりで話し合っていた。

アレクが答えをはぐらかすのを、俺は溜め息で返す。

「とぼけるな。フィーネの治癒魔法だ。地面にあるマナを浄化したと言っていたが……そんなことが治癒魔法で可能だと思うか？」

「寡聞（かぶん）にして、そんな例は知りませんね」

「俺もだ」

フィーネが倒れた。

それを侍女のエマから聞いた時、俺は一瞬心臓が止まってしまったかと思った。

すぐに中庭まで駆けつけると、フィーネが青い顔をして倒れていた。

気を失っているフィーネを抱え、ベッドに寝かせたが……なかなか目を開けない彼女を見ている間は、生きた心地がしなかった。

「治癒魔法というのは、そんなに応用が利くものじゃない。生き物を治癒するから、治癒魔法なのだ。マナを浄化するなんて効能はないはずだ」

そしてそれはフィーネが倒れた理由にも繋がる。

彼女は『ご飯を食べすぎたせい』と言っていた。無論、その可能性はゼロではないが……考えにくいと思っている。

だからといって、魔力切れ――魔力欠乏症の線も同等だ。軍医として働いていた彼女が、この程度で魔力がなくなるとは思いにくい。

ゆえに俺が導き出した推論は一つ。

「光魔法……だな」

俺がそう言うと、アレクも同様の考えを抱えていたのか、神妙な顔をして頷いた。

「光魔法なら、マナを浄化したと聞かされても違和感がありません」

「だな。それに慣れない光魔法を使って、体が付いていけずに倒れた……という話なら納得が出来る」

「しかしフィーネ様は本当に光魔法の使い手なんでしょうか？　そんなことは……」

「ああ、この推測が当たっていればの話だが――国が彼女を放っておかないぞ」

魔法の種類は多岐にわたる。

その中でも強力で、そして使い手がかなり希少なものが『光魔法』と『闇魔法』だ。

その二つについては、文献にほとんど情報が記されていないが……なんでも、光魔法は邪悪なものを祓(はら)い、世界の救世主ともなれる魔法だと聞いている。

その中には、汚染されたマナの浄化も含まれていた。

今回のフィーネの例にぴったりだ。

「はあ……」

そのことを思うと、肩が重くなる。

「とんでもない治癒魔法の使い手だと思っていたが……まさか光魔法も使えるとはな。俺の手に負えないぞ」

「ヘルトリング伯爵家は、とんでもない娘を抱えていますね」

「一人は光魔法の使い手――の可能性があって、もう一人は聖女だからな。もっとも、妹の方は聖女とは思えないくらい性格がねじ曲がっていたが」

と俺はフィーネの妹――コリンナの顔を思い出してしまい、不快な気持ちになった。

「あの戦場での振る舞いもそうですが、この屋敷に来た時の態度も目に余るものでしたからね。あれはレオン様でなくても、顔を顰めるものかと。あの日、コリンナ様は――」

「もう、あの日の話はするな。思い出せば思い出すほど、怒りが込み上げてくる」

「これは失礼」

俺の言ったことに、アレクは苦笑する。

「薄々勘づいていたが、やはりヘルトリング伯爵家は歪んでいる。エマからも報告を聞いているが、たかが朝食を食べたり身支度をしてもらっただけで、泣きそうなくらいに彼女は感激したらしい。とても貴族の娘とは思えない」

「そうですね。コリンナ様とは対照的すぎるのが、さらにその違和感に拍車をかけている」

「ヘルトリング伯爵家――そしてあの偽聖女については、もっとちゃんと調べる必要があるだろう」

「おやおや、コリンナ様を偽聖女だと言って大丈夫ですか？　教会の人たちの耳に入ったら、山のように抗議文が届きますよ」

「問題ない。もしきたとしても――全て突っ返してやろう」

と俺は口角を吊り上げる。

「とにかく、確定するまでフィーネには光魔法のことを隠しておけ。考え事が増えたせいで、また倒れられてはたまったものじゃない」

「かしこまりました」

そう言葉を交わした後、俺とアレクは窓の外を眺める。

しばらく争いはないから、ゆっくり出来ると思っていたが、それは見当違いのようだ。

だが、フィーネを守るためなら、俺はなんでもしよう。

あらためてそう決意し、灰色に濁った曇り空を眺めるのだった。

◆　◆

「なんであのフィーネが、レオン様と結婚出来るのよ！」

聖女――コリンナは教会内に用意された自分専用の部屋で、荒れ散らかしていた。

彼女が視界に入ったものを片っ端から投げたせいで、室内はなかなかの惨状である。

「ふーっ、ふーっ」

コリンナは息を整えながら、あの日のことを思い出していた――。

あれは戦場でレオン様とお会いして、しばらく経った後のことだ。

『ランセル公爵から結婚の話が舞い込んだ』

その話を聞いた時、「ついにきたか」と言わんばかりにコリンナはほくそ笑んだ。

コリンナは教会に聖女と任命されてから、お金も地位も――あらゆるものを手に入れてきた。

しかしどうしても伯爵という爵位は、格落ちな気がしていた。

(もしレオン様と結婚出来れば、私は晴れて公爵夫人。箔も付くわね)

しかし問題は。

『レオン様はフィーネを指名している……?』

『手紙にはそう書かれている。まあなにかの間違いだろう。あの醜女に、公爵家から縁談話がくるはずがないのだから』

『確かにそうね』

父とそんなやり取りをした時も、彼女は疑問にすら思わなかった。

だが、いざレオンと対面した時、彼はコリンナを見て露骨に顔を歪めた。

『俺が呼んだのは、フィーネのはずだったが？ 君は違うな。これはどういうことだ？』

『レオン様は勘違いされているようです。聖女はこの私、コリンナですわ。あのフィーネは、ヘルトリング伯爵家の汚点でしかないのですから』

『どうして聖女がどうこうという話が出てくる。俺には君がなにを言ってるか分からない』

不機嫌そうにレオンが腕を組む。

（まあ……しばらく話してたら、レオン様の誤解も解けるでしょ。ほんとに……フィーネったら、こんなところでも足を引っ張るんだから！　これで縁談話がご破算になったら、タダじゃおかないわ！）

この状況でも、コリンナはそう疑っていなかった。

レオンもここで突っ返すのもさすがに抵抗があったのか、コリンナを執務室まで通してくれた。

そして席に着いて、コリンナは真っ先にテーブルに置かれていたものに目がいく。

『あら、このマカロン。私のものですか？　頂いてもいいですか？』

『勝手にしろ』

とレオンが吐き捨てる。

コリンナがマカロンに口を付けると、彼女はこう思った。

（あ、甘すぎるっ！）

こんなもの、ただの砂糖の塊だ。

私がいつもお菓子として頂く最高級のマカロンは、もっと上品な味をしている。

ランセル公爵ともあろう方が、こんな安物のマカロンを出すなんて……私をコケにしているのかしら——と。

『どうした？　手が止まっているが……』

『いえいえ、そんなことありませんわ。とても美味しいです』

しかし本音を吐出するわけにもいかず、コリンナはマカロンを紅茶で無理やり流し込んだ。

マカロンに食指が伸びることは、二度となかった。

『先日はすみません。突然、体調が悪くなりまして……戦場を後にしてしまいました。体調が万全なら、聖女の奇跡ですぐに治せたというのに……』

『そのことはいい。俺にとっては忘れたい出来事だからな』

（そりゃあ、死にかけたもんね。忘れたいに決まっているわ）

『縁談の話に移りましょうか。この度は――』

その後、コリンナはレオンといくつか言葉を交わしたが……『フィーネじゃないと意味がない』と取り付く島がなかった。


だからこそ、姉のフィーネがレオン様と結婚した――と聞かされてから、彼女は怒りで頭がおかしくなりそうだった。

「まあ、どうせフィーネだったら、すぐに離縁されるでしょうけどね。あんなイモ娘、あの美しいレオン様には似合わないわ」

とコリンナは刺々（とげとげ）しい薔薇（ばら）のような笑みを浮かべる。

「だけど……万が一、フィーネがレオン様と上手くいっているようなら――気に入らないわね。爵位上だけとはいえ、フィーネが伯爵令嬢である私よりも上になるということなんだから」

だったら――壊してしまおう。

そう考えたコリンナは、さらに言葉を重ねる。

「確かあの男がレオン様のいる街に住んでたわ。だったら、彼をフィーネにけしかけましょう。たとえ強引でも、既成事実を作ってしまえば、レオン様はフィーネから離れていくはずだわ。不貞行為を働いた女のことなんて、好きになる男は誰もいないからね。

それでもダメだったら――」

とコリンナは自分の手の平を見る。

彼女の右手に黒炎が宿った。それは聖女らしからぬ邪悪な揺らめきであったが、それを見ていると彼女は不思議なことに心の安定を保てた。

「全部壊してあげましょう。聖女である私はなにをしても許されるんだから――」

第三話

あんなことがあった後。

私は焦りを感じていた。

「どうしよう……先日は迷惑をかけてしまった」

お腹がいっぱいなのに調子に乗って、治癒魔法を使ってしまった。

そのせいで倒れてしまい、みんなに迷惑をかけて、魔法の使用を禁止されてしまった。

「こんなの、実家だったら折檻ものです」

そう――来て間もないけど、私はこの家に居心地の良さを感じていた。

だけどこのままじゃ、離婚の二文字を叩きつけられてしまう。

治癒士として力を発揮出来ない私はただの小娘。

なにか存在価値を示さなければ、レオン様に愛想をつかされても仕方がない。

みんなには失望されたくない――そう思い、私はレオン様と話をすべく執務室に向かった。

「あ、あの、私にやれることはなにかないでしょうか？　お仕事とか……」

「仕事？」

とレオン様が顔を上げる。

「そんなものはない。強いて言うなら、公爵夫人としてふさわしい行動をすることだ」

「公爵夫人として……」

言葉を反芻する。

レオン様に恥をかかせない夫人。

そしてなにより——彼を支えられるような人物だろう。

しかし具体的になにをしていいか分からず、考えすぎて頭が痛くなってきた。

「むむむ……」

「ど、どうした？　頭が痛いのか？」

頭を押さえている私を心配してなのか、レオン様が立ち上がって、こちらに駆け寄ってきた。

「いえ、大丈夫です。ご心配ばかりかけて申し訳ござ——いえ。お気遣い、ありがとうございます」

「そんなことは気にするな」

無表情でそう口にするレオン様。

キレイな顔。

こうして近くで見ると、それがよく分かる。

いくら契約結婚とはいえ——こんな素敵な人が私の夫だなんて、夢のようだ。

「あ、レオン様。その耳に付けているイヤリング、素敵ですね」

だからだろう。

レオン様の耳元に目がいった。

「ん……ありがとう。君にそう言われると、嬉しい」

だけどレオン様の表情は変わらない。

「イヤリング、好きなんですか？」

「そうだな。公爵家の当主として身だしなみを見られることも多いんだ。高価な指輪は作業がしにくくなるし、だからといって服にもさほど興味がない。それらに比べ、イヤリングくらいなら……と思ったわけだ」

レオン様の言葉を聞いて、私の中である考えが閃く。

そうだ——イヤリングをプレゼントしてみてはどうだろうか。

本当はもっと、レオン様のお仕事を手伝えたらいいのだけど……残念ながら、私は治癒魔法を使えることとくらいしか能がない。

だけど街に出てイヤリングを買うくらいなら、私にだって出来るはず。

「どうした？　俺の顔をじっと見て」

「な、なんでもありません」

さっと視線を逸らす。

どうせプレゼントを渡すなら、レオン様を喜ばせたい。

だから渡すまで秘密にしよう——私はそう考えた。

「やはりなにか言いたそうだな。言いたいことがあるなら、言ってくれていいんだぞ？」

「ありがとうございます。だけど本当に大丈夫ですから……あっ、レオン様もお仕事が忙しいでしょうし、私はこれで失礼しますね。では……」

「ちょ、ちょっと待ってくれ！」

背を向けると、後ろからレオン様が制止する声が聞こえた。

一応、実家から支度金は渡されている。

無一文で放り出したら、実家の体裁が悪くなる——とお父様が嫌そうに渡してくれたのだ。

だけどなにを買っていいか分からず、レオン様に渡そうとしても断られていたので、いざという時のために取っておいた。

今がそれを使う時だ。

レオン様の喜ぶ顔を思い浮かべると、足も軽くなった。

部屋を出ていく間際。

「お、俺は……嫌われてるのか？」

唖然(あぜん)としたレオン様の声が聞こえてきたが、足早にその場を立ち去ったため、なにを言っているのかまでは分からなかった。


「ふう、無事に買えた……」

慣れない街だったから少し迷ったけど、レオン様に似合いそうなイヤリングを購入出来た。

派手すぎず、おとなしめのイヤリングである。

これだったらレオン様も喜んでくれるはず――そう思うだけで、心が弾んでいくのが分かった。

「早く帰ろう。遅くなっちゃったら、レオン様にまた心配かけちゃうし……」

と屋敷（やしき）まで帰る道を早足で歩いていると……。


「少しいいですか？」


途中で声をかけられる。

「はい？」

立ち止まって、私はその声に返事をした。

そこには優しそうな男性がいた。

身に付けているものはどれも高級そうで、そのことから彼が只者（ただもの）ではないことを察する。

「急に声をかけて、すみません。もしかしたら……フィーネ・ランセル公爵夫人ではないですか？」

「……そうです」

公爵夫人という呼ばれ方はまだ慣れていないので、変な間が空いてしまった。

しかし彼は少しも嫌な顔をせずに、「やっぱり」と声を上げた。

「その美しい銀髪――そうだと思ったんですよ。一度、あなたにご挨拶をしたくて」

「え、えーっと、あなたのお名前は……」

「あ、重ねてすみません。あなたに会えた嬉しさで、つい名乗るのが遅れてしまいました」

そう言って、彼は恭しく頭を下げる。

「私はバティスト・ミケドス。ミケドス子爵家の次期当主です。爵位は違いますが、レオン様とは公私にわたって仲良くさせていただいています」

「ミケドス……子爵……」

寡聞にして、聞いたことがない名前である。

だけどそれは私が伯爵令嬢でありながら、今までほとんど貴族と交流を持ってこなかったため。

公爵夫人としてふさわしい姿や行動を心がけること——。

あの結婚契約書の条項を思い出す。

ちゃんとしなきゃ。

初対面の男性はちょっと怖かったけど、それを表に出すわけにはいかない。

なにせ私はレオン様の妻。

彼の友人に失礼な態度は出来ないのだから。

「そうだったんですね。私の方こそ、すみません。レオン様に嫁いでから、まだ日が浅いもので……夫の交友関係を全て把握出来ていないんです」

「それは仕方ありませんよ。気にしないでください。ところで……」

と彼——バティストさんは私の姿をまじまじと見つめる。

「公爵夫人がこんなところで、なにをされていたんですか？　しかも一人で。その抱えている紙包みは近くのアクセサリーショップのものですが……」

「え、えーっと」

どうしよう。

こういうやり取りに慣れていないため、すぐに言葉が出てこない。

詰まりながら、こう口を動かす。

「レオン様へのプレゼント――イヤリングを購入していたのです。喜んでくれると思って」

「おお、それはなんということだ！」

とバティストさんは表情を明るくする。

「とても献身的な方ですね。そんなものは使用人に買わせればいいのに、わざわざあなたが足を運んでいる」

「わ、私が直接選んだ方が、レオン様も喜んでくれると思って……」

「うんうん、素晴らしい考えだ。見た目だけではなく、中身も美しい」

頭を回転させて一生懸命、言葉を紡ぐ私の一方、バティストさんは次から次へと言葉が出てくる。

貴族として女性と接する機会が多いからかもしれないけど――女性慣れしているような印象を受けた。

「そうだ」

考えていると、バティストさんがポンと手を打つ。

「それならば、他に良いアクセサリーショップを知っているんですよ。案内しましょうか？」

「で、でも……もうイヤリングは買いましたし、わざわざバティストさんに案内させるのは申し訳ないです」

「私のことなんて気にしなくていいんですよ。さあ」

バティストさんが手を差し出す。

「日が落ちないうちに行きましょう。きっと損はさせませんから」

どうしよう……。

レオン様のご友人とはいえ、知らない人に付いていくのはあまりよろしくないことのような気がする。

それにバティストさんは男性。

彼と二人きりで歩いていたら――私の不貞を疑われるかもしれない。

「あ、ありがとうございます。だけど本当に大丈夫ですから」

「なにを気にしているんですか。そんなものは私に無用ですよ」

「え、えーっと……」

「……レオン様の友人である私の案内を拒否するつもりですか？」

今まで優しかったのに――一転。

バティストさんは分かりやすく、その顔に苛立ちを滲ませた。

「さあ、早く行きましょう。今のあなたの態度は公爵夫人として、ふさわしくない」

「ま、待って――」

バティストさんが私の腕を強引に取ろうとする。

私は恐怖で体がすくんでしまって、上手く逃げられない。

そして彼が強い力で私の腕を摑んだ。

「……っ！」

痛みが腕を襲い、思わず声を上げてしまいそうになった。

バティストさんの顔を見上げると、彼は捕食者のような笑みを浮かべていた。

その顔がお父様と重なって――さらに声を上げられなくなってしまう。

「抵抗しなくなりましたね？　それでいいんですよ」

恐怖で頭が真っ白になる。

しかしすんでのところで、涙をぐっと堪えた。

そのままバティストさんは私の腕を引っ張り――。


「なにをしているっ！」


その時――救いの声が聞こえた。

私とバティストさんは同時に、声のする方へ顔を向けた。

「レオン様！」

そこには――息の上がったレオン様が、険しい表情でバティストさんに視線を注いでいた。

「俺の妻になにをするつもりだった。彼女は嫌がっているように見えるが?」

「ちっ……来ちゃいましたか」

バティストさんが小さく舌打ちをする。

レオン様は鬼気迫る表情で、歩み寄ってくる。

その顔はとても、親しい友人を見るものではなかった。

「レ、レオン様、この方は友人じゃ……」

「そんなヤツは知らん」

そう言って、レオン様は私たちの前に立つ。

「彼女を返してもらおうか」

「返す? まるで物扱いですね。彼女は血の通った人間です」

「はぐらかすな――」

とレオン様がバティストさんに手を伸ばした瞬間――彼はするっとそれを躱（かわ）し、私たちから距離を取った。

「目立つような真似（まね）は、あ、あの方から禁止されてるんですけどね。ここは逃げの一手ですが……ちょっと遊んでみたくなりました。彼女が欲しければ、実力で奪い返してみなさい――っ!」

バティストさんが地面を力強く蹴って、一気に距離を詰めようとする。

身構えていると、レオン様は「少し離れろ」と私に言って、バティストさんの拳を手の平で受け止めた。

「いきなり暴力を振るってくるとは、随分と好戦的だな。そんなのじゃ女にはモテんぞ」

「あなたには言われたくありませんよ。その歳まで婚約者の一人も取らなかった、変わり者の公爵。あなたで彼女を守れますか？」

バティストさんは拳や蹴りでレオン様に攻撃を仕掛ける。

だが、レオン様はそれらを華麗にいなしていった。

騒ぎを聞きつけて、周りの人も集まってくる。

とはいえ、二人の激しい戦いに割って入ることが出来なさそうだ。

「……ただのゴロツキではないようだな」

顔を少し傾け、バティストさんの右拳を躱すレオン様。

それと同時に、バティストさんの腕を取って関節技を決める。

だが、バティストさんの表情は涼しげなものだ。

どうやら、技の支点をずらし無効化しているようだった。

「あの方と言っていたが、お前の背後に誰かいるな？　誰に頼まれた」

「最初はそうだったんですけどね。ですが、美しい彼女の姿を見て気が変わったんです。今は私の意思で動いている——あなたに彼女はもったいない」

バティストさんが器用に体を捻って、レオン様から逃れる。

そして再び戦いが繰り広げられていった。

一進一退の戦いであったが、僅かにレオン様優勢のように見えた。

――レオン様、とてもお強い。

しかし。

彼の戦っている姿を見るのは初めてだったので、私は思わず息を呑(の)んでしまった。

「く……っ！」

レオン様の右頬に、バティストさんの拳がめり込んだ。

その程度ではレオン様も怯(ひる)まないが、とても痛そうだった。

「レオン様！　今、お助けします！」

一緒に戦うことは出来ない――だけど。

私は治癒魔法を使うべく、手を前にかざした。

「使うな！　俺との約束を忘れたのか！」

だが――魔力を少し放出したところで、レオン様が鬼気迫る表情でそれを制止した。

「ほほお……やはり、その魔力。ヘルトリング伯爵家の侍女として流れ着いたと聞いていたが――

やはりあなたでしたか」

侍女？　なんのことだろう。

疑問を感じていると、バティストさんは私たちから距離を取り。

「まあこんなものでしょう。収穫もありましたし、ここらで退散といたしましょう。そろそろ自警団も来るでしょうからね。まあ……あの方の怒りを受け止めなければいけないのは、少し億劫ですが」

「待て！　お前には話を――」

レオン様が追いかけようとするが、バティストさんは人混みを掻き分けてその場から逃走してしまった。

一瞬で彼の姿が見えなくなる。

それでも――レオン様は彼を追いかけようとするが、私の方を振り返って、

「……君を一人にさせるわけにはいかないか」

と溜め息を吐いた。

「す、すみません、レオン様。右頬は大丈夫ですか？」

「これか？　こんなもの、大したことではない。蚊に刺されたようなものだ。それより――また謝ったな。魔法も使おうとした」

「あ……」

レオン様にそう言われて、私は縮こまってしまう。

人々の喧騒も、今の私には遠く聞こえた。

「あ、あの、レオン様。あなたがどうしてここに？」

あの後、自警団の人がやってきて、現場の検証を始めた。

私たちも話を聞かれそうになったが、レオン様が「彼女が疲れている」と言って、詳しい話は後日することになった。

そして現在――私とレオン様は馬車の中で向かい合って、会話を交わしていた。

「君が一人で街に出たとエマから聞いたんだ。それで心配になって様子を見にきたが……案の定だった」

「そ、そうだったんですね」

一人で出かけただけだというのに、レオン様を心配させてしまうなんて……本当に私はダメダメな公爵夫人だ。

「レオン様、やはり謝らせてください。レオン様も仕事で忙しいのに、わざわざ抜け出してこられたんですよね？　だったら……」

「謝る必要はない。君のことを心配するのは、夫である俺の役目だ。それにこういう時、なんて言うか知ってるか？」

「……はい。ありがとうございました」

と私は頭を下げる。

それを聞いて、レオン様は満足そうに微笑（ほほえ）みを浮かべた。

「それでいい。そんなことより――どうして街に出かけたんだ？　なにか欲しいものでもあったのか？」

「あ、そのことですが――」

ここで私は初めて、レオン様にイヤリングの入った紙包みを渡す。

レオン様はそれを少し不思議そうに見た後、紙包みからイヤリングを取り出す。

「これは……イヤリング？」

「はい。イヤリングがお好きだと聞きましたから。治癒魔法でお役に立つことも出来ませんし、せめてレオン様にプレゼントを……と」

一瞬、レオン様は驚いたように目を見開く。

しかしすぐに柔らかい表情になって。

「ありがとう。すごく嬉しい。イヤリングも俺の好みだ」

「ほ、本当ですか⁉」

「ああ、せっかくだから付けてもらっても構わないか？」

レオン様の言葉に頷き、私は彼の耳元に手をやる。

現在付けているイヤリングを優しい手つきで取って、私が買ったものを付けてあげた。

「とてもお似合いです」

「そうか。一生の宝物にしよう」

レオン様は表情こそ変えなかったものの、その声は少し弾んでいた。

イヤリングを付けたレオン様も素敵だけど……なにより、私が買ったものを身に付けているとい

う事実が、下向きだった気持ちを上向きにしてくれる。

だけどそれはほんの一時のことであって、また気持ちが沈んでいくのが分かった。

「…………」

「…………」

お互いに無言の馬車内。

私はやっぱり、レオン様の隣にいる者として、ふさわしくないのだろうか？

イヤリング一つ買うだけでも、こんなに迷惑をかけている。

レオン様には嫌われたくない――私の心にはそんな気持ちが芽生えていた。

「……こういう時、なんて言ったらいいか分からないが――気にしなくていい。君はなにも悪いことをしていない」

「お気遣い、ありがとうございます」

普段なら、そう声をかけられるだけで心の不安もマシになる。

しかし自信を喪失している私は、どうしても彼の顔が真っ直ぐ見られなくなっていた。


――あれから数日が経過した。

レオン様はずっとお仕事をしているし、アレクさんも忙しそうだ。エマさんも同じだろう。

そんな中で私はというと……。

「なにをしたらいいんだろう……」

と途方に暮れていた。

渡したイヤリングは喜んでもらえたみたいだけど……結果的にレオン様に迷惑をかけることになってしまった。


——私は本当にレオン様にふさわしいのだろうか。


最近、そのことばかりが頭をよぎる。

その答えも見つからない。

治癒士としての仕事もなく、だからといって街に出かけてもまた先日のような出来事に遭遇するかもしれない。

そんな悶々（もんもん）とした日々を過ごしていた。


「フィーネ様、最近なんだか元気がないようですね」

そんな私を見かねてなのか、エマさんもそう心配してくれる。

「そう……ですかね。もしかしたら最近、暇すぎて気分が落ち込んでいるのかもしれません」

だけどエマさんにこれ以上心配をかけていられないので、私の口からはそんな言葉が出ていた。

「ずっと家の中にいますものね。うーん……フィーネ様は読書は好きですか？」

「まあ人並みには」

「でしたら、屋敷内の書庫に行ってみてはいかがでしょうか？　色々なものが置かれていますよ。本を読めば、少しは暇が潰せるかもしれません」

――それは良い考えだ。

屋敷内にいるだけなら誰にも迷惑をかけないだろうし、なにせ読書は一人でも出来る。気が紛れるかもしれないし――もしかしたら、悩みごとの答えも出るかもしれない。

「ありがとうございます。早速、行ってみようと思います」

「それがよろしいかと思います。場所は……」

エマさんから書庫の場所を聞き、早速私は一人で向かった。

書庫に着くと。

「わあ！　本がいっぱい！」

大量の本が並んでいる光景を目の前にして、私は久しぶりに心が弾んでいくのを感じた。

「なにかないかな……」

書庫の入り口付近にあった本棚から、一冊の本を取る。パラパラと捲(めく)って、中身を確認した。

その本は魔法書のようで、その中でも光魔法について、多くの記述があった。

「光魔法……」

私も話には聞いたことがある。

なんでもそれは、邪悪なものを祓うための術である。光魔法の使い手は貴重なので、なかなかお目にかかれるものではない……と。

そこで私は先日のことを思い出す。

汚染されたマナを浄化した治癒魔法。

人以外に治癒魔法を使ったのは初めてだったけど、上手く浄化することが出来た。


——もしかしてあれは光魔法だったのではないか。


そんな考えが一瞬頭をよぎるが、すぐに首を横に振る。

「私が光魔法なんて使えるわけがない」

光魔法の使い手は人々に崇め奉られ、時には『聖女』とも呼ばれる。

聖女といったら、妹のコリンナだ。

妹ならともかく、私がそんな立派な魔法を使えるわけがない。

「もう一度、試してみたいけど……また倒れたら、レオン様たちを心配させてしまう。エマさんも泣いてたみたいだし」

あの人たちのあんな表情はもう見たくない。

だから私は「自分が光魔法を使えるかもしれない」という考えを一旦保留にして、次のページへと向かった。

そこには『闇魔法』について書かれていた。

闇魔法は光魔法よりも情報が少ない。それはそうだ。光魔法が邪を祓う力なら、闇魔法は邪そのもの。その性質から、どちらかというと闇魔法を使う人間は悪人が多く、だからこそ記述が少ないんだろう。

「闇魔法に対抗出来るのは、光魔法だけとも言うし……そうなるとますます国としては闇魔法を忌避するようになる」

思わず気になって本を手に取ってみたが、こうしていると悩みの種が解消されるどころか、どんどん大きくなっていくのを感じる。

もっと楽しい本を読もう。

そう思った私は魔法書を本棚におさめ、書庫の奥へ奥へと進んでいった。

すると人の気配があることに気付く。

「……誰かいる？」

そんなことを思いながら進んでいると、本棚の前に立つ一人の男性を見つけた。

黒縁の眼鏡をかけた知的な人。白シャツの上に黒のベストを着ている。きっちりした装いではあるが、胸元をはだけている。そこから見える鎖骨が色気を醸し出していた。

どこかで見たことがあるような……。

記憶を辿(たど)っていると、一人の名前が浮かぶ。

「ゴードン……さん？」

私が名前を呼ぶと、彼——ゴードンさんは本から視線を外し、こちらを振り向いた。

「ガッハッハ！　そうだったのか！　あいつもなかなか過保護なこった。だからお前さんもここに来たわけか」

書庫にあるテーブルにて。

対面に座っているゴードンさんは腕を組んで、豪快に笑っていた。

「そういうゴードンさんは、どうしてここに？」

「ん？　レオンとは幼馴染だと言っただろ？　昔からこの屋敷にはよく遊びにきてたんだ。そういうこともあって、オレは自由に屋敷の出入りをさせてもらっている。とはいえ、いつもの鎧姿のままだと使用人を怯えさせちまうからな。だからこうして身なりを整えているわけだ」

そう語るゴードンさんの表情は、あの訓練所で見た彼そのものだった。

だけど……今は眼鏡をかけているし、なにより雰囲気が違う。図書館の司書だと言われても違和感がないくらい。

だから今のゴードンさんと話していると、いまいち落ち着かないのであった。

そんな私の内心を、彼に悟られたのか。

「なんだ？　オレがこうして、きっちりしているのは意外か？」

「い、いえいえ！　そんなことは！」

「別に否定しなくてもいいんだぜ。よく言われるからな。だが、オレはこう見えて本が好きでな。今日だけじゃなくて、訓練の間が空けばこうして書庫に来て、何冊か本を借りさせてもらっているんだ」

言葉尻は荒々しいけれど、聞いていて安心する声。

これもゴードンさんの人柄が表れているんだろうなあ、と純粋に思った。

「眼鏡、とてもお似合いです。目が悪いんですか？」

「ん？　ああ、これは……」

とゴードンさんは眼鏡の縁に指をかける。

どうやらレンズが入っていないみたいで、指を引っ掛ける形になっていた。

「伊達メガネだ。これをかけていると賢そうに見えるだろ？　オレのような熊みたいな男が、こんなところをうろちょろしてたら『似合わない』って言われるからな。オレなりに気を遣ってるんだ」

「は、はあ……」

「オレの話ばっかりして申し訳ないな。フィーネの話を聞かせてくれ。お前さんも本が好きなのか」

「はい」

「そうか……オレとは違って、いかにも読書好きって顔をしてるよな。そんな白くてキレイな肌をしているんだ。それでアウトドア派と言われた方が、ビックリする」

「アウトドア？」

「外で体を動かしている方が好き、っていうヤツらのことだ。王都では流行(はや)っている言葉らしいぞ？　対して、家の中にいる方が好きなヤツのことをインドア派と呼ぶ」

なるほど……アウトドアとインドア。

その区分でいくと、私は間違いなくインドア派なんだろう。

というか実家ではろくに外に出してもらえなかった。軍医としてでも、私が直接戦うわけではないから、基本的には野営地のテントの中にいた。

この白い肌をコリンナからは、『お化けみたいで気持ち悪い』と言われていたが、キレイと呼ばれたのは初めてだ。

自分のことをちょっとは好きになれそう——そう思った。

「ゴードンさんはなんの本を読んでらっしゃったんですか？」

「ん……オレはこれだ」

ゴードンさんは手元の本を持ち上げ、こう続ける。

「野草の本だな。戦場ではろくに物資もなくてよ。というより、まともな物資はないと思っておいた方がいい。だから食べられる野草だったり、傷の治癒に効能がある薬草を調べていたんだ。こういう細かいことが戦場では勝敗を分……って、またオレの話ばっかしてんな。こういう話、つまんねえだろ？」

「いえいえ、そんなことはありません。私も軍医ですから」

「ああ、そういやそうだったな。だったら、なにか良い野草を知らねえか？」

「そうですね……『モミダ草』はいかがでしょうか？　ほら、あの紫色の葉っぱをした」

「ああ……そういや、道端でよく見かける気がする。しかしそれがなんになるんだ？」

興味津々といった感じで、ゴードンさんがぐいっとテーブルから身を乗り出してくる。

「薬草になるんです。血が止まらない時に――」


私はしばらく、ゴードンさんと野草の話で盛り上がっていた。


「なるほどな。モミダ草の話も興味深かったが……カレミリ草ってのはそういう味がするのか。ただ臭いだけだと思っていた」

「ふふふ、意外と美味しいんですよ？　ちょっとスパイシーなお味で。戦場だけではなく、調味料として使っている国もあるんです。カレミリ草を粉末状にして食べ物にかけると、大体のものは食べられるようになります」

「ほほお、それはいいことを聞いた。料理の味ってのは意外と大切だからな。不味すぎて、餓死寸前まで手を付けられない食糧ってのもあるし。そういう調味料が現地調達出来るなら、有り難い――って」

ゴードンさんはそこで話を切って、壁に掛けてあった時計を見上げた。

「すまねえな。長い話に付き合わせて。お前さんと話していたら楽しくて、あっという間に時間が過ぎちまう」

「私も楽しいです。だからそんなことを言わないでください」

こんな風に人と楽しく喋ることが、今までほとんどなかったから――つい話が弾んでしまう。

「それはよかった」

ニカッとゴードンさんが笑みを浮かべる。

「お前さんがあまり、楽しそうに見えなかったからな。退屈だと思われているのかもしれないと心配してた」

「え？」

「なんだ、自覚なかったのか？　お前さん、さっきから暗い顔をしてるぜ。まるでなにか悩みごとがあるみたいにな」

ドキッ。

ずばり言い当てられて、私は言葉に詰まってしまった。

「図星――みたいだな」

「す、すみません。ですが、決してゴードンさんの話が面白くなかったわけではなく……」

「それは分かっている。お前さんはお世辞を言えるタイプでもないように見えるからな。お節介かもしれんが――もしよかったら、フィーネの抱えてる悩みを聞かせてもらえねえか？」

落ち着いた声音で、ゴードンさんが私に問いかける。

どうしよう……。

私のこんな矮小な悩みを、ゴードンさんに打ち明けてもいいものなのだろうか。

しかしゴードンさんは、レオン様と旧知の仲。

私なんかより、彼のことについて詳しいだろう。

そしてなにより、今のゴードンさんの表情からは包容力を感じる。彼には自然となんでも話したくなった。

「はい。実は……」

意を決して、私は最近の悩み――レオン様に迷惑をかけてしまっていること。そして私は彼にふさわしい人間じゃないかもしれない――ということを伝えた。

ゴードンさんは途中で口を挟まず耳を傾けてくれていたが、話が一旦終わったところで、

「なるほどな」

と頷いた。

「まあ、いきなり公爵家に嫁いできたもんな。そういうことで悩むのも仕方がねえ」

「そうでしょうか?」

「そうだ。そもそもあんな、ひねくれた男に嫁いだんだ。色々と苦労するだろうよ。あいつに今まで婚約者の一人すら出来なかったのも、そういうところに原因があるし……」

婚約者の一人すら出来なかった――そういえば、街中で会ったあのバティストさんも同じようなことを言っていた気がする。

だけど今はそんなことが些細(ささい)なものだと思えるくらい、私はゴードンさんの話に意識が向いていた。

「しかし――これは断言するが、フィーネの存在はレオンの負担じゃない。レオンの傍にいるのは、お前さんのような女がふさわしい。少し喋ってみて、それがはっきりと分かった」

「ありがとうございます。でも……」

「自信が持てねえか」

そう言って、ゴードンさんが頭を掻きながら立ち上がった。

「まあ、あいつもああいう性格だからな。仕方ねえ――百聞は一見にしかずだ。付いてこい」

「ど、どこにですか？」

「行けば分かる」

まだ頭の中に疑問符がたくさん浮かんでいたけれど、ゴードンさんは私の返事を待たずに歩き出してしまった。

私は慌てて、彼の後を追いかけるのだった。


「ゴードンさん、一体なにを……」

「ここだ」

そう言って、ゴードンさんは部屋の前で足を止めた。

そこは屋敷内でも、目立たない場所にあるところだった。

私が不思議に思っていると、ゴードンさんはそれ以上語らず、部屋の中に入っていく。

その後に私も続くと、彼は火の付いていない暖炉の中に手を突っ込み、なにかを操作するように手を動かす。すると突然、ゴゴゴッと近くの本棚が動いた。

本棚の後ろには空洞があり、それは奥へ奥へと続いているようだった。

中は真っ暗で、人一人がなんとか入れるくらい。並んで歩くことは出来なさそうだ。

「どうしてこんなものが……」

「まあこれでも、公爵家の屋敷だからな。不測の事態が起こった時に、当主だけでも逃げられるようにって、こういう隠し通路がいくつかあるんだ。まあレオンの野郎なら逃げずに戦いそうだがな」

とゴードンさんは愉快そうに言う。

「よし、中に入るぞ」

「え？　本当にこんなところ、入って大丈夫なんでしょうか？」

「なんだ。もしかして暗いところが苦手だったか？　中は結構ジメジメしているが」

「それは大丈夫なんですが……」

ジメジメしたところなら、実家でも戦場でも経験済みだ。私が心配しているのはそこじゃない。

「なら問題ねえ」

ニヤリと笑うゴードンさん。

「さっさと行くぞ。なあに、先頭はオレが歩いてやる。ネズミやゴキブリくらいなら出るかもしれないが、我慢しろ」

「ちょ、ちょっと待ってください」

私に有無を言わせず、ゴードンさんは中に入っていく。

ここで待ちぼうけしているわけにもいかず、私も隠し通路の中に足を踏み入れた。

ゴードンさんが先頭を歩いてくれて、私は彼の背中を追いかけていくだけ。

「あ、あのー……どうしてゴードンさんは、こんな場所を知っていたんですか？」

前を歩いているゴードンさんに質問する。

「言っただろ？　レオンとは幼馴染だって。昔からこの屋敷にはよく遊びにきてた」

すると彼の声が返ってきた。

「色々やったよ。かくれんぼをする時には、この通路は良い隠れ場所になった」

「隠し通路をかくれんぼで使っていたんですか？　そんなことをして、他の方に怒られなかったんですか？」

「怒られたよ。その時はレオンの親父（おやじ）とお袋も健在だったからな。知ってっか？　レオンの両親って、すげえ厳しい人たちだったんだぜ」

レオン様の両親が既に亡くなっていることは知っていた。

だけど彼も多くを語ろうとしないので、私も根掘り葉掘り聞くような真似は慎んでいた。

「し、知らなかったです。だけど……レオン様が怒られているところなんて、なんとなく想像しにくいです」

「なに言ってんだ。今ではお利口さんだが、あれでも昔はなかなかの悪ガキだったんだぜ？　人の言いつけを守らず勝手に外出して、怒られた回数は数え切れねえ」

レ、レオン様が悪ガキ？　ますます想像出来ない。
そういえば……私は彼のことをほとんど知らない。

ここに来て、まだほんの数日だからそれは当たり前だと言われれば、それまでなんだけど……もっと彼のことが知りたいと思うようになっていた。

「こう話していると、昔のことを思い出すな。あいつとオレは剣術を指南してくれる先生が一緒だったんだ。何千回、何万回――いや、それ以上に剣を振ってきた。オレはあいつにだけは負けまいと――って、む？」

話している途中、ゴードンさんの足が唐突に止まった。

「梯子か……こんなもんあったっけな？　ここに入るのなんて久しぶりだった。つい忘れちまっていたぜ」

「登らないんですか？」

「おっ、お前さんもなかなか乗り気になってきたじゃねえか。もちろん、オレはここで諦めるつもりはないさ。だが……」

私を気遣うような声音で、ゴードンさんがこう問いかけてくる。

「これ、足を踏み外したりとかしたら怪我するぜ。そうじゃなくても、お前さんも貴族なんだろう？　梯子を登るなんてはしたない真似、抵抗はねえのか？」

「は、梯子から落ちないように努力します。はしたないうんぬんは……どうなんでしょう？　そもそも戦場に出ている時点で、今更な問題の気もしますが」

「まあそれはそうだが……」

うーんとゴードンさんが考える。

やがて。

「万が一にでも怪我はさせられねえな。そんなことをしたら、レオンが激怒する。なにせお前さんはヤツの愛しの妻なんだからな。仕方ねえ」

ゴードンさんが私の方を振り向く。暗がりの中に、ぼんやりと彼の顔が見えた。

え？　どうしていきなり？

そう思うのも束の間、ゴードンさんはひょいっと私を片手で担ぎ上げたのだ。

「ゴ、ゴードンさん⁉」

「これで行こう。こうだったら、落ちる危険はねえ。なにせ、俺が担いでるんだからな。ガッハッハ！」

とゴードンさんは豪快に言い放って、梯子に足をかけた。

万が一にでも足を踏み外したりしないように、ゴードンさんは丁寧に梯子を登っていく。

一方、私はゴードンさんの肩に座っているだけだった。

「わ、わ、わ」

「すまねえ。座り心地は悪いかもしれないがな。我慢してくれ」

これ、自分で登るより逆に怖いような……。

だけどゴードンさんが言うってことは、絶対に落ちないんだろう。そんな妙な安心感も覚えた。

「あ、あの、ゴードンさん」

「なんだ?」

「さっきは聞き流していましたが……レオン様の愛しの妻とはどういう意味ですか?」

上へ上へと向かっている間、私はゴードンさんに疑問を投げる。

「そのままの意味だが? なにか気になるのか?」

「いえ……あの訓練所で少し話したかもしれませんが、私たちの結婚は契約的なものなんです。私が公爵家に治癒魔法の力を提供する……という条件での」

ゆえにこの結婚に愛はない。

最初から分かっていたことだ。

レオン様が私を愛しの妻だと思っているなんて、有り得ないこと。

ゴードンさんの認識は間違っている。

しかし彼は笑いを堪えるように。

「くくく、やっぱ勘違いしてやがったか。相変わらず、恋愛には奥手な男だ。そんなの、照れてるのを誤魔化しているだけに決まっているじゃねえか」

「照れてる……?」

「まあオレがどうこう言うのも野暮かもしんねえけどよ。だから——今からその証拠が見られるかもしんねえぜ——着いた」

やがて梯子が終わり、平坦な地面の上になる。

ゴードンさんは私を下ろしてから、壁をすりすりと触り出した。

「確かここを……よし、昔から変わってないようだな」

すると壁と壁の間に隙間が出来る。そこから細い光が差し込んだ。

なにかを動かしたんだろうか？　だったら壁に見えているだけで、実際は違うかもしれない。

「静かにしろよ。バレるかもしれないからな」

とゴードンさんは小声で、こう続ける。

「ここから見えるぜ。公爵騎士様の鍛錬のお姿がな」

彼に促されて、その隙間から外を見る。


そこではレオン様が黙々と、木剣を振っていたのだ。


「五百六、五百七、五百八」

淡々と回数を数えながら、レオン様が素振りを続けている。

上半身の服は脱ぎ捨て、彼の肉体美が露（あら）わになっている。

本来なら目を背けてしまうところだけど――今の私は彼の太刀筋があまりにもキレイだったから、視線を外せなくなっていた。

その傍にはアレクさんが直立不動の体勢で、レオン様の様子を眺めていた。

それは長年――ずっとこうするのが当たり前になっていたのだと分かるくらい、穏やかな風景だった。

「あいつは幼い頃に、両親を亡くした」

レオン様が素振りを続けている間に、ゴードンさんは語り始める。

「そこからヤツは公爵家の当主となり、そしてランセル騎士団の団長となった。ヤツはあの細い体で何百――何千もの人の命を背負っているんだ」

レオン様にどんな苦労があったのかは知らない。

しかし若くして、そんな重責を背負うことになったのだ。

並々ならぬ苦労があったんだろうと想像することは出来る。

「それからヤツは弱音を吐かなくなった」

「それから……？　ということは、昔は違っていたんでしょうか？」

「そうだ。昔はもっと弱音を吐いてたし、自分に自信を持ててなかった。しかしそんな重い責任を背負うようになって、自然と理解したんだろう。『そんなことをすれば部下が不安がる』――と」

ゴードンさんの瞳もレオン様に向けられている。

その瞳の色には、友を思う心や憧憬が含まれているように感じた。

「そしてヤツは努力しているところを、なかなか人には見せない。きっと、そういうのが苦手なんだろうな。だから……オレは心配だ」

「心配？」

「ああ。いつかレオンが壊れちまうんじゃないかって」

「……なんとなく分かる気がします」

レオン様は一人で背負い込みすぎなのだ。

彼も人間だし、たまには傷つくこともある。不安を吐露したい時もあるだろう。

だけどレオン様は、そういった負の感情を内にしまっておく。

そしてそれはだんだん溜まっていき、いつかは爆発してしまうかもしれない。

ゴードンさんが言っているのは、そういうことだ。

「オレは、ヤツとお前さんが似た者同士だと思っている」

「私が？　昔のレオン様ならともかく……今はこんなにも違うのに？」

「いや――今も似た者同士だよ。他人を頼ることをせず、自分で処理しようとする。心の奥深くで自分に自信がない。そのくせに誰よりも努力家で、それをひけらかすこともしない――ってところがさ」

言葉だけなら信じられないけど、今ならそれが理解出来るような気がする。

それほど、素振りをしているレオン様は鬼気迫る表情で――なにかに追い詰められているように見えたからだ。

「だから――これはただの余計なお世話かもしれねえが、レオンとお前さんはお互いに支え合って生きていって欲しいんだ。そしてそれが出来るのはフィーネ――お前さんだけだ。これがお前さんがレオンにふさわしいと思う、オレなりの理由だ」

「でも……」

「長年レオンを見てきたオレの言葉だぜ？　そんなオレが太鼓判を押すんだ。お前さんなら出来る」

と力強く、私の背中を叩くゴードンさん。

そうされると、私の中に自信という名の炎が灯る。

まだ小さな炎だったけど……これを見失わないように大切にしよう。

しかし。

「お互いに支え合って生きていかなければ——というのは分かりましたが、やっぱりレオン様が私を愛しているだなんて、信じられないです」

「ん？　オレから言わせれば、あんなに分かりやすい態度なのにって不思議だが……うーん、それにいたってはどう信じてもらえばいいか……」

とゴードンさんが考え始めた時、

「ふう、一度休憩を入れるか」

とレオン様が素振りをやめ、アレクさんからタオルを受け取った。

タオルで体を拭くレオン様に、アレクさんが声をかける。

「お疲れ様でした。今日もキレイな太刀筋ですね」

「キレイな太刀筋だからといって、それでフィーネを守れることには繋がらない」

「そう言うということは、やはり先日のことをまだ気に病んでいると？」

「うむ」

そう頷くレオン様の表情は、少し浮かないものだった。

「あれ以来、彼女は塞ぎ込むことが多くなったように思える」

「元々、自分に自信がない人でしたからね。だから余計に、レオン様に迷惑をかけてしまったことを気に病んでいるんでしょう」

「だろうな。全く……俺の方はちっとも気にしてないというのに。それどころか、彼女を怖い目に遭わせてしまった自分が不甲斐(ふがい)ない」

「レオン様たちは本当に似た者同士ですね。お互いに自分のことを責めて、相手のことを思いやっている。それだからいまいち、フィーネ様にあなたの思いが伝わらないんですよ」

「……かもしれんな」

とレオン様は椅子に腰をかけ、こう溜め息を吐いた。

「はあ……どうすれば彼女は元気を取り戻してくれるだろうか」

「簡単なことですよ。愛してるって一言言えばいいだけじゃないですか。君のことを愛してる。だからなにがあっても、君のことを嫌いにならないし、ずっと傍にいて欲しい……って」

「バカ言え！」

アレクさんの言葉に、何故(なぜ)だかレオン様は顔を真っ赤にして、こう言葉を飛ばした。

「そんなの、恥ずかしくて言えるわけがない！　そもそもそれが言えてれば、あんな結婚契約書も必要じゃなかった」

「全くです」

苦笑するアレクさん。

恥ずかしい？　結婚契約書も必要じゃなかった？

「だから言っただろ？」

ゴードンさんはニカッと笑う。

「ただ照れてるだけだ……って。レオンはあいつなりに、お前さんを愛してるんだよ」

「え、え、え……？」

どうしよう――。

あまりに思いもよらないことだったので、自分の感情が分からなかった。

戸惑い――恥ずかしさ。

だけどこれだけは分かる。

今の私には間違いなく、嬉しさが灯っているのだ――と。

もしかして、レオン様は本当に私のことが好きで――。

「レオン様にもちょっとはそういう気持ちはあるかもしれません。だけどやっぱり私では……」

「ああっ！　そんなにキレイなのに、どうして自分に自信がないんだ。いいか？　お前さんは美人だ。そしてレオンも男だ。人並みに欲望を滾らせているだろう。なんなら、今すぐにでもお前さんを抱きたいと思っているはずだぜ」

「だ、抱きたい⁉」

一体、ゴードンさんはなにを⁉

思わぬ言葉を言われて、さぞ私の顔は真っ赤になっていただろう。

「お、おい。そんな大きな声を出したら……」

「ん？」

そしてそれがいけなかった。

レオン様の顔が隠し通路に隠れている、私たちの方を向く。


あっ、バレた――。


そう思ったのも束の間、レオン様は見る見るうちに狼狽（ろうばい）して、

「き、貴様ら！　いつからそんなところに――」

と血相変えて、私たちの方へ駆け寄った。


後日談。

ゴードンさんと一緒に怒られたけど、私は「次からはしないように」と軽く注意を受けただけ。

対して、ゴードンさんはデコピンをされて、数日の間は額を赤く腫らしていた。

ちょっとした冒険みたいだったけど――あの一件以来、「レオン様にふさわしくない」と私が塞ぎ込むことは少なくなった。

教会。

コリンナは今、聖女として風邪の患者の治療に当たっていた。

「おおっ、コリンナ様！　おかげで風邪が治りました。体がとても軽いです。さすが聖女様です！　またお願いします！」

治癒を終えると、中年の男がコリンナの両手を握った。

「ええ、これくらいお安いご用ですわ」

脂ぎった男の顔を見て、コリンナは引き攣った笑いを浮かべる。

（ほんと……私に触れるんじゃないわよ。風邪なんかより、その汚い肌と出っぱったお腹を治す方が先なんじゃないかしら？　実に不快だわ）

男がいなくなったのを見て、コリンナはすぐに水道で手を洗った。


『不機嫌そうですね――コリンナ様』


部屋に置かれている水晶に突如、男の顔が映し出される。

彼はコリンナにそう声をかけた。

「当たり前じゃない。あんな男の治療なんてほんとはしたくないけど……あれでも有力な貴族だからね。献金もたんまりと貰ってる。無下に扱うわけにはいかないのよ」

吐き捨てるようにコリンナは彼——バティストに答えた。

「あんたもよく通信してこられたわね。フィーネを汚すって仕事、全然達成出来てないじゃないの」

『はっはっは、これは手厳しい』

自分の額をペシペシと叩くバティスト。

コリンナがこうして不機嫌そうにしていれば、周りの男どもはビクビクと怯える。しかしバティストは彼女に怯えるどころか、その顔にはうっすらと笑みさえ浮かんでいた。

(ほんと……食えない男だわ)

——バティストには先日、コリンナがある任務を命じていた。

その仕事内容とは、姉フィーネを汚すこと。

一度既成事実を作ってしまい、そしてフィーネの不貞を世に吹聴する。

たとえ強引でも、夫以外と交わった女を世の人間は批難する。

——といった手筈だった。

(だけど、その目論見は失敗した。しかもレオン様の前から逃げて……ね。帝国から派遣されてきたにしては、使えない男だわ)

コリンナは内心、彼をそう蔑む。

彼女が所属している教会は、この国だけではなく帝国にも影響を及ぼしている。

そのためバティストは、帝国からの使者として教会に派遣されてきた男なのだが——いまいち、考えていることが分からず、彼女は彼の扱いに困っていた。

（まあ腕はあるようだし、基本的には従順だから使い勝手はいいけどね。有事の時以外は、レオン様の領地に住まわせてるから、またなにか利用出来るかもしれないし）

とコリンナはそれ以上深く考えなかった。

『献金をたっぷり貰っているとはいえ、嫌だったら切ればいいじゃないですか。昔のコリンナ様だったら、そうしていたと聞いていますよ』

「そういうわけにもいかないのよ。最近、教会への献金の額も減ってるみたいだからね。ああいう貴族は貴重ってこと」

『なるほど……今までなら、聖女の名前さえ使えば、いくらでも献金を集められていたはずですけどね。もしかして、周りから舐められてるんじゃないんですか？』

「はあ!?　私が!?」

バティストの物言いに、コリンナは怒って立ち上がる。

「私は聖女なのよ!?　どうしてそう思うのよ？」

『失礼失礼。なんとなく、そう感じただけですよ。最近のあなたは風邪くらいしか治療していないみたいですからね。だからあなたの能力を怪しんでいる者もいるんじゃないかと思いまして』

「黙りなさい！　あんたと話してたら不快だわ！」

苛ついて、コリンナは水晶を壁に叩きつけて割ってしまう。

こうして遠隔の人間とも会話が出来る水晶は、大変高価なものであったが、コリンナに躊躇はなかった。

いくらでも買い直せばいいと思っているからだ。

「はあっ、はあっ……くそっ。帝国から押し付けられてなければ、あんな男なんてすぐに殺すのに」

しかしコリンナが激怒したのも、彼の言葉に心当たりがあったからだ。

確かに——治癒魔法を少し使うと、疲れが一気に体にのしかかるような妙な感覚があった。

最近では治癒魔法よりも、もう一つの力の扱いの方が慣れてきたが……聖女を名乗っている手前、あれを人前で使うわけにはいかない。

(だけどそれは私の責任じゃない。私の力を発揮する、あつらえむきの舞台がないだけで)

ここらで一度、聖女の力を知らしめるようなことを起こさなければ——。

(そうすればレオン様も目が覚めて、姉を捨てて私のところに来てくれるでしょうしね。公爵家の夫人となったらお金も使い放題で、いくらでも贅沢(ぜいたく)が出来るはずだわ)

そしてコリンナは部屋に響き渡る声量で、こう叫んだ。

「ああ！　戦争でも起こったらいいんだけどね！　そうしたらいっぱい人が傷つくから、私の力を見せつけることが出来る！」

第四話

あの一件があってから。

私は少し前向きに、ものごとを考えられるようになっていた。

だから治癒士としての力を発揮出来なくても、私は私なりにレオン様を支えよう——と思い、毎日をそれなりに楽しく過ごしていた。

そしてそんなある日、レオン様からお呼びがかかった。

最近ではレオン様も仕事が忙しく、なかなか二人きりの時間が取れなかったので期待感に胸を膨らませながら執務室に向かうと……。

「魔法の使用を解禁する」

と開口一番、レオン様がそう口にした。

「へ……？」

「どうした、嫌か？」

私は慌てて首を左右に振って、否定の言葉を紡ぐ。

「そ、そんなことはありません！　ああ……ようやくレオン様のお力になれる日がきたのですね！」

「別に君の魔法を役立たせて欲しいわけではないが……」

レオン様が疲れたように息を吐く。

「俺も反省してな。心配――という言葉に逃げて、君のことを束縛しすぎていたかもしれない。先日のゴードンとの一件も、元はといえばそれが原因だった気もするしな」

ギョロッ。

レオン様が鋭い眼光を向ける。

よくこうやって、彼が怖い顔をしてくるのだが、エマさんに相談すると「元々レオン様はああいう顔なんですよ」と言われた。どうやら怒っているわけではないらしい。

「だから魔法を使ってもらっていい」

「ありがとうございます！」

「しかし！　二つ条件がある。一つ目は治癒魔法以外は使ってはいけないということだ。肝に銘じろ」

……ん？

そもそも私は治癒魔法しか使えないと思うんだけど……。

あ、でもそのことをレオン様にちゃんと説明していなかったかもしれない。だからレオン様はこんなことを言っているということ？

「そして二つ目は『一日一回』だけだ。とはいえ、これも様子を見て、徐々に条件を緩和していくつもりだ。どうだ？　守れるか？」

「は、はい。一日一回というのは物足りない気はしますが……頑張ります」

ぎゅっと握り拳を作る。

ちょっと過保護すぎる気がするけれど、これもレオン様が私を心配してくれてのことだ。

約束を破って倒れたら、今度こそレオン様のデコピンが私に炸裂するかもしれない。

絶対に約束を破らないでおこう。

「それならレオン様。私、騎士の訓練所にもう一度行きたいです」

「訓練所か？　今日もゴードンが騎士に訓練を施していると思うが……それだけだぞ？　本当にいいのか？」

「はい。もしまた、怪我人が出たら私の治癒魔法がお役に立つかもしれないでしょう？　私、みなさんのためにいっぱい働きたいのです」

「まあ君がそうしたいなら許可しよう。それに怪我人を治療出来る者がいれば、騎士団も助かると思うからな。

しかし俺は書類仕事が山積みで、どうしても行けない。とはいえ、君一人で行かせるわけにもいかない。先日のようなことがあるかもしれないからな」

先日——街中でバティストさんに乱暴されそうになった一件だろう。

「だから護衛を付ける——アレク。行けるか？」

「レオン様の要請とあらば」

と今までことの成り行きを黙って見守っていた、執事のアレクさんが返事をする。

「よし、じゃあ彼女を騎士団の訓練所まで連れていってくれ」

「承知しました。なにかあっても、フィーネ様は私が必ずお守りしましょう」

「信頼しているぞ」

そんなやり取りが終わった後、アレクさんが私の方を振り向く。

「では行きましょうか、フィーネ様。ご支度は大丈夫でしょうか？」

「はい。特に持っていくものはありませんから」

というわけで、私はアレクさんと一緒に訓練所まで向かうことになった。


「そういえば、アレクさんも騎士なんですよね？」

訓練所に着いて。

私は近くのベンチに腰掛けて、訓練の光景を眺めながら、アレクさんに質問をした。

「ええ。忘れそうになりますか？」

「正直……。アレクさんといえば、私にとっては優しい執事ですから。あの時戦場で見たアレクさんも、幻だと思えてしまうくらいに」

「ふふふ、そう思うのも無理はありません。私の場合は、ちょっと特殊な立ち位置でして……騎士でありながら、こういった訓練にあまり参加しないのです」

「それは執事の仕事があるからですか？」

「それもあります」

煮え切らない返事だ。

問いを重ねようと口を開きかけると――。

「おおっ？　臆病坊やのアレクじゃねえか」


私とアレクさんが同時に、声のする方へ顔を向けた。

するとそこには鎧の兜を脱いで、面倒臭そうに歩く騎士の姿があった。

「あなた、訓練は？」

「俺にはそんなの必要ねえんだよ。なにせ、俺は最強だからな。訓練なんてしなくてもいいんだ」

「要はサボりということですか」

敵意を放つ男に、アレクさんは冷静に対応する。

「それはお前も一緒じゃねえか？」

「どういうことですか？」

「とぼけんな。お前のことは聞いてるぜ？　騎士でありながら、訓練に参加しない異例の男。しかも普段は執事の真似事なんてしてやがる」

「……まあ訓練に参加しないという意味では、あなたと同じかもしれませんね。それは否定しませんよ」

「はっはっは！　よく自分の立場を弁えているじゃねえか。しかし俺とお前とでは決定的な違いがある。そこで……だ」

男は二本持っていたうちの一本の剣を、アレクさん目掛けて無造作に放り投げた。

剣はアレクさんの目の前の地面にすとんと刺さった。

「暇だから模擬戦をしようじゃねえか。俺は最強だから訓練に参加しない。しかしお前は臆病だから訓練に参加しない。その違いを教えてやろう」

「……やめた方がいいと思いますよ」

これだけ挑発されているというのに。

アレクさんからは一切の怒りを感じない。

それどころか、目の前の無礼な男を気遣うような優しさすら感じ取れた。

「あなたと私の違いはそこじゃない。実力の差も分からないようなあなたでは、私の相手にはならないでしょう」

「なにを偉そうなことをぐちゃぐちゃ言ってやがる――」

開始の合図もないままに、男は地面を蹴ってアレクさんに襲いかかる。

危ないっ！

そう思ったと同時に、私は信じられない光景を目にする。

「だから言ったでしょう?」

「え……?」

いつの間にか、アレクさんが男の後ろに回り込み、彼の喉元に剣を突きつけていたのだ。

「あなたでは私の相手にはならない——と」

男の喉元からつーっと細い血の筋が出来て、地面に滴り落ちる。

もちろん、アレクさんもそれ以上は押し込まないものの、彼の尋常ならざる気に男は言葉を発せずにいるようだった。


「マルコ、てめえ！　こんなところにいやがったのか！」


一秒が一分に感じられるほどの凝縮された時間。

その静寂を切り裂くかのように、野太い男の声が訓練所に響き渡った。大柄な男性がこちらに駆け寄ってくる。

ゴードンさんだ。

「ん……？　誰かと思えば、フィーネじゃねえか？　どうだ？　元気にやってるか」

「はい、おかげさまで。そんなことよりも……」

「ん？」

ゴードンさんが、アレクさんと剣先を突きつけられている男——マルコさんというらしい——に顔を向ける。

「おお、アレクもいたのか」

「はい。そんなことよりもゴードン。この騎士は教育が足りていないようですね。これは上司であるあなたの責任では？」

「それは……反論出来ねえ。言い訳にはなるが、そいつは最近騎士になったばかりの男だ」

「なるほど。だからこういう風に勘違いしているということですか」

「だな、若気の至りってやつだ。訓練をよくサボりやがるし、困ったもんだよ」

とゴードンさんは頭を掻いた。


——どうしてこの状況を見て、軽い世間話をしているかのような雰囲気なんですか⁉


朗らかな雰囲気の二人を見て、私は混乱していた。

しかし気軽そうだったのはアレクさんとゴードンさんだけだったみたいで。

「た、隊長～」

さっき突っかかってきた威勢はどこにいったのか。

マルコさんが情けない声を出す。

「マルコ、てめえはどうしてそんなに泣きそうなんだ？」

「こ、この臆病坊や……じゃなかった。アレクさんが怖くって……」

「そりゃそうだろ。その様子だと、てめえがアレクに喧嘩を売ったんだろ？　《疾風の騎士》に喧嘩を売るなんて、バカな真似をしたな。まあその気概は誉めてやってもいいが」

呆れた様子でゴードンさんが口にする。

疾風の騎士?

アレクさんのことを言ってる……?

そう思い、アレクさんの顔を見る。

彼は私の視線に気付いて、にっこりと笑みを向けた。

「丁度いい機会だ。アレクに教えてもらえ。本当に強いヤツってのはどんなもんかっていうのを」

「これ以上はさすがに嫌ですね」

一瞬アレクさんは顔を顰めて、マルコさんから離れた。

解放された彼はへなへなとその場にへたりこむ。どうやら腰が抜けたようである。

「大丈夫ですか?」

あまりにも可哀想だったから……私はそう言って、マルコさんに治癒魔法をかけてあげた。

血が出ているとはいえ、薄皮一枚が傷ついただけなので、治癒魔法で治すまでもないと思うけど
——放っておけなかったのだ。

「フィーネ、そんなヤツに貴重な治癒魔法を使わなくていいぜ。唾でも付けとけば治る」

「でも……」

「フィーネ様はお優しい方ですからね。そういうところにレオン様は惚れたのです」

ゴードンさんの言葉に、アレクさんが柔らかく答えた。

なにか聞き逃してはいけない言葉が聞こえた気がするが、それよりも今の私は治癒魔法に集中し

ていた。

「……はい。これで終わりです。せっかくなので、肩凝りも治しておきましたよ。どうですか？」

「た、助かった。もう大丈夫だ」

とぶっきらぼうにマルコさんは言うが。

「マルコっ！　てめえ、傷を治してもらっておいて、その態度はなんだ！　こういう時、なんて言えばいいのか教えてやろうか？」

「あ、ありがとうございました！」

「それでいい。分かったら、さっさと訓練に戻りやがれ！　今日はとことん訓練を付けてやるからな」

「は、はっ！」

あんなに偉そうだったマルコさんが、ゴードンさんの前ではこんなにも萎縮している。

足をもつれさせながら、マルコさんはその場から走り去ってしまった。

「はあ……っ、すまねえなフィーネ。あれはあれで悪いヤツじゃねえんだ」

「ええ、分かっていますから」

それに……あの程度の人、戦場ではたくさん見てきた。

騎士や兵士というのは時に、虚勢も必要である。

行き過ぎた自信は危険だが、なさすぎるのも足がすくんでいざという時に冷静な行動が取れない。

だから今回の一件で、私は特に不快な気持ちにはならなかった。

「そんなことより、アレクさん。先ほど疾風の騎士（ラピッドナイト）という言葉が聞こえたんですが……」

「あまりフィーネ様には知られたくなかったんですけどね。なんだかダサいですから」

苦虫を噛（か）み潰（つぶ）したような表情になるアレクさん。

「こいつはな、こんな飄々（ひょうひょう）とした顔をして騎士の中でもかなり強い部類に入るんだ」

そんな彼の代わりに、ゴードンさんが答えてくれた。

「執事なんて真似をしていなかったら、今頃小隊の隊長を任せていたかもしれないな」

「そんなに……」

「疾風のごとき速度で動けるアレクは、音もなく敵を殺す。敵はアレクの背中を見てから初めて、自分が絶命したことに気付くんだ。疾風の騎士（ラピッドナイト）はそんなアレクに、オレが付けてやった異名だ。どうだ？　カッコいいだろう？」

「付けるなら、もっとまともな異名を付けてくださいよ」

アレクさんはそう嘆息する。

「そんなに強いのに、どうして執事も兼任しているんですか？」

「私は争いが嫌いですからね。本来なら騎士になりたいとすら思っていなかったんですよ。しかし実家が代々、騎士を輩出している一家だから……仕方なく、有事には剣を取っているだけです。それに……レオン様をお守りしたいですから」

そう言うアレクさんの表情は憂いを帯びているように見えた。

確かに……アレクさんが纏（まと）う雰囲気は、戦場に似つかわしくない。

先ほど、マルコさんの後ろに回り込んで、剣を突きつけた姿には思わず鳥肌が立ってしまったけれど。

「そんなアレクとレオンがいてなお、勝てなかった剣神（けんしん）の強さが際立つな」

「全くです」

一転、空気が重苦しいものとなる。

剣神……どこかで名前を聞いたことがあるような。

「それはどなたでしたっけ……？」

「剣神。帝国にいる最強の剣士と呼ばれる男だ。先の戦場ではアレクとレオンが剣神に戦いを挑んだが、二人揃（そろ）って返り討ちにされちまった」

「その戦いで傷ついたレオン様を、フィーネ様が助けてくださったということですね」

「まあ結果的に帝国が兵の消耗を嫌って、退（ひ）いてくれたから助かったが……あのままだったら、果たしてどうなっていたことやら」

そんな事情だったのか……。

正直、今の動きを見てアレクさんが負けているところが想像しにくい。レオン様だって同じだ。

そんな二人を相手取って、後（おく）れを取らないどころかあれだけの傷を付けるなんて……。

帝国の剣神の恐ろしさが、聞いているだけで十分に理解出来た。

「す、すごくお強いんですね」

「だな。全く……どんな顔をしているか、一度拝んでみたいもんだよ」

「ですね。顔は甲冑(かっちゅう)で隠されていますから――しかし再び剣を交わせば、自(おの)ずとチャンスは訪れるでしょう」

神妙な面持ちで考え込む二人。

だけど重苦しい雰囲気になったのを悟ったのか、ゴードンさんは明るい声でこう言う。

「おっと、そろそろオレは訓練に戻らないとな。そうしねえと、あいつみたいにサボる輩(やから)が出てくる。じゃあ、フィーネとアレク、またな」

「ええ」

そういうやり取りをした後、ゴードンさんが訓練に戻っていった。

「では、私たちもそろそろ屋敷(やしき)に帰りましょうか。フィーネ様も、一日一回限定の治癒魔法を使ってしまいましたし」

「はい、今日はありがとうございました。《疾風の騎士(ラピッドナイト)》の強さが分かって、私も勉強になりました」

「あなたにはあまり、その名前で呼んで欲しくないんですがね」

嫌そうな表情を作ったアレクさんを見て、私はクスクスと笑うのだった。

フィーネがアレクと訓練所まで出かけた後。

俺——レオンは執務室で書類仕事に追われていた。

いくらやっても一向になくなる気配がない書類の山に辟易とする。

どうしてこんなくだらないことで判子を押させるんだろうか？　騎士団の詰め所にある、洗濯桶が古くなってきたから替えて欲しい？　勝手にして欲しい。

「いかんな。考えが後ろ向きになってしまっている」

眉間を揉んで、目の疲れを取る。

そして再び書類に目を移そうとした時に——。


「失礼します」


と侍女のエマが執務室に入ってきた。

「エマか。どうした？　なにか用か？」

「はい、とても大事な」

真剣な表情でエマが言う。

ほお……？　なんだろう？

エマにはフィーネの専属侍女を任せている。エマは幼い頃からこの屋敷で侍女として働いてくれて、彼女を次期侍女長にと推す声も大きい。

そんな彼女からの言葉なのだ。フィーネに関することかもしれない。

ゆえに俺はエマの言葉を聞き逃さないよう、手を止めて彼女の言葉を待ったが……。

「レオン様——最近、フィーネ様に対してそっけなさすぎませんか？」

「はあ？」

思わぬことを言われて、つい間抜けな声を漏らしてしまう。

「なんと言った？」

「そっけなさすぎと言ったんですよ。忙しいのは重々承知しています。しかし最近、フィーネ様とろくに喋っていないのでは？　あれではフィーネ様が可哀想です」

ぷくーっと頬を膨らませるエマ。

彼女はたまに、こうして訳の分からないことを言ったりする。今回もその類か……と思い、溜め息を吐いた。

「なにを言い出すかと思えば……いいか？　重い男は嫌われるのだ。あまり構いすぎても、フィーネが鬱陶しがるだけだろう」

「そんなの、誰から聞いたんですか？」

「ふっ、聞いたとはちょっと違うかもしれないがな。これだ」

そう言って、俺は机の引き出しにしまっていた一冊の本を取り出す。

「……『ラブバナシ』……？　雑誌ですか」

「そうだ。これには恋愛についての記事が掲載されている。この中に『女の子を束縛して、構いすぎる男は嫌われる』と書かれてあったのだ。どうだ？　その通りだろう」

これでエマも俺を見直すと思った。

しかし俺の予想とは反して、エマは深い——ふか～い溜め息を吐いた。

「一体なにを言い出すかと思えば……いいですか？　あなたが大事にするのはその雑誌ですか？　違うでしょう。目の前のフィーネ様です。雑誌ばかり見て、フィーネ様と向き合っていないあなたは夫として失格です」

「なっ……！」

愕然とする。

バカな……これは大衆にも人気の雑誌のはずだ。この雑誌に書かれていることは間違いない。そう思い込んでいた。

「そ、そんな……俺のやっていることは全て無駄だったというのか？」

「いいえ、無駄ではありませんよ。フィーネ様に嫌われたくないからと、そうやって努力するのはいいことです。でも雑誌の内容ばかりに目がいって、フィーネ様が見えていないのは問題です」

エマがはっきりと断定する。

「し、しかし。どうしたらいいんだ？　そう言うなら、なにか対案を考えてくれ」

俺ではもうお手上げだ。

この目の前の少女、エマが恋愛経験豊富かと言われれば疑問だが……少なくとも、女性の視点に立ってものごとを考えてくれるだろう。

「ふふっ、レオン様は私のような侍女にも、そうやって意見を聞いてくれるんですものね。そういった優しいところをフィーネ様に見せれば、もっと距離が縮まると思うんですが……」

独り言のようにエマが呟いて、さらにこう続けた。

「ずばり！　フィーネ様をデートに誘うことです」

「デート……」

エマの言った言葉を反芻する。

「そうです。レオン様、フィーネ様と二人きりで出かけたことはありますか？」

「騎士の訓練所には行ったぞ」

「そんなの、デートじゃありません。仕事の一環じゃないですか。そうじゃなくて、目的もなく街中をぶらぶらしたり、一緒のものを見て感想を言い合ったり、服を選んで『どっちがいい？』『どっちでもいい』というやり取りをして女性を不機嫌にさせるような体験です」

デートか……言われてみれば、フィーネとそんなことをやったことがない。

無論、俺も良い歳をした男だ。

この国では俺くらいの歳になれば所帯を構えるのが普通。俺だって、無理やり押し付けられた婚約者候補とデートくらいはしたことがある。まあ一、二回デートに行った後、俺から断りを入れることになるんだが。

他人から押し付けられた令嬢とデートする時には、大して抵抗はなかった。緊張もしない。

しかしこれがフィーネのことになると、途端に違ってくる。

「デ、デートなどをして、フィーネは嫌がらないだろうか？」

「嫌がりません！　喜びます！　これは確かです！」

「しかし……」

「しかし、じゃありません！　フィーネ様とデートをして、彼女のことをちゃんと見てあげてください。そうすれば自ずと、レオン様がすべきことも分かってくるはずです」

俺を指差し、そう言い放つエマ。

少々強引な論法な気もするが……エマの言うことにも一理ある。

「わ、分かった。なんとか仕事を調整して、フィーネをデートに誘ってみよう」

「ふふ、やっとそういう気になりましたか」

「だ、だが、もし断られた時は……」

「レオン様が誘ったら、フィーネ様は断りません！　もっと自信を持ってください！」

彼女がこれだけ自信満々に言うものだから、俺も自然と勇気が湧いてくる。

フィーネとデート……想像するだけで心が弾む。

そしてこんなことで、やきもきしている自分に驚いた。

俺は今まで、女性を本気で好きになったことがない。

両親を早くに亡くしてから、俺はランセル公爵家の当主となった。

当時は必死すぎて、自分が大変だったとは思わないが……今思えば、よく心と体が壊れなかったなと思う。

そしてそれが落ち着いてからも、後継のことを考え、何人かの令嬢と話をしても心が弾むことはなかった。

ましてや「デートに誘ったら断られるだろうか」なんて、考えもしない。断られても「ああ、やっぱり」と思うだけで、傷つかなかった。

だが、フィーネには断られたくない。

それはきっと、彼女とのデートを是が非にでも成功させたいと思っているからだろう。

「よし。フィーネが戻ってきたら、デートに誘ってみる。エマも見ておいてくれるか？　俺の勇姿を」

「はい！　もちろんです！　まあ勇気なんか出さなくても大丈夫だと思いますけどね。フィーネ様、きっと喜んでくれると思いますよ！」

◆　◆

「え、ダメでしょう」

帰ってくるなりレオン様からデートのお誘いを受け、私は思わずそう即答してしまった。

「なっ……！」

レオン様は立ち上がり、ふらあっとその場で倒れそうになる。

それをアレクさんが咄嗟(とっさ)に支えた。ついさっきまで私の隣にいたのに……さすがは疾風の騎士(ラピッドナイト)。

この名前で呼んだら、アレクさんは苦い表情をするけど。

「ち、違うんです！　そういう意味じゃないんです！　レオン様と行きたくないわけではなく……」

「エマ……俺はどうすればいいと思う？」

「誤算でした。さすがにこれには私――エマも反省です」

「私の話を聞いてくださいっ！」

大きな声を出す。

いけない……ちょっとはしたなかったかもしれない。しかしここに来るまでは、戦場以外でこんな声を出せなかったから、成長と見ていい……のかな？

「レオン様、私を気遣ってくれているんですよね？」

「それは……」

「私が暇そうにしているからですよね。だからレオン様はそんなことを……お忙しいでしょうに……」

私だって、レオン様とデートがしたい。

だけど彼は公爵家の当主。今でも無視したくなるような書類の山が、私の視界に入っている。

そんなに忙しいのに、彼が私のために時間を使ってくれることが申し訳ないのだ。

しかしレオン様は「ふう」と息を吐き。

「なんだ、そんなことか。別に今すぐ行こうという話ではない。そうだな……三日後はどうだ？　それまでに仕事なら全部終わらせる」

「で、ですが……そんなに働いて、レオン様の体も心配ですし……」

「君は人に気を遣いすぎだ。それに……今回に限っては、その方法も間違っている」

「というと？」

「……っ！　俺は君とデートがしたいんだ！　それがなによりの休養となる。俺の体を気遣ってくれるなら、デートに付き合ってくれることこそが正解だ」

一息で吐き出すように、レオン様は一気にそう捲し立てた。

「おお～、レオン様。言うようになりましたね」

「レオン様の執事として長らく仕えてきて、あんな顔は初めて見ました」

何故か、エマさんとアレクさんが感嘆の声を漏らしている。アレクさんにいたってはうるっときたのか、ハンカチで目元を押さえていた。

「デート……」

はっきりとそう言われて、あらためて考える。

誰かとデートなんていう真似は初めてだ。それは一体、どのようなものなのだろうか？

想像の域しか出ないけど、きっと楽しいものだと思う。

ロマンス小説の中で、主人公が恋仲の男性とデートをしているシーン――とても楽しそうに描写してあった。

初めてのデートというだけで嬉しいのに、相手がレオン様だ。

だったら。

「……私、行きたいです！　レオン様とデートがしたいです！」

何度も何度も首を縦に振る。

するとレオン様はほっと胸を撫(な)で下(お)ろし。

「よかった……断られたらどうしようかと思っていた。いや、一度は断られたわけなんだが」

「余計な気を遣わせてしまい、申し訳ござ――じゃなかったですね。デートにお誘いいただき、ありがとうございます」

「こちらこそ、ありがとう」

ふんわりと微笑(ほほえ)むレオン様。

あまり感情を表に出すことが少ない彼だけど、やっぱり笑っている姿が一番好きだ。

三日後のデートのことを想像して、私は早くも浮かれていた。


「――とはいえ、デートって一体なにをすればいいんでしょう……」

自室に帰って。

私はエマさんと紅茶を飲みながら、三日後のことについて話していた。

「フィーネ様は男性とデートをしたことがないんですよね？」

「はい」

「だったら、とても楽しいと思いますよ。それにフィーネ様がデートのあれこれを考える必要はありません。レオン様がきっと、立派にエスコートしてくれますから！」

何故エマさんがこうなっているのか分からないが、自分のことのように興奮している様子である。

「たとえそうだとしても、当日のいめーじとれーにんぐ？はした方がいいんじゃないでしょうか。エマさんはデートって、どんなところに行くか知っていますか？」

「そうですね……定番は美味しいご飯を食べたり、買い物をしたりすることでしょうか？」

「ご飯……買い物……あっ、大変ですっ！」

とんでもない事実に気が付き、思わずその場で立ち上がってしまう。

「私――デートに使うお金が足りないかもしれません！　どうしましょう……このままでは、デートに行けないかも……」

お父様から持たされた支度金は、ごくごく僅かなものであった。

ちょっとしたものを買う時にも、レオン様に頼むのが申し訳なくて、そこから捻出していたらいつの間にか手元に残ったお金も少なくなってしまっていた。

「そんなこと、フィーネ様が気にする必要ないんですよ！」

とエマさんは私の懸念を払う。

「時々、『あれ？　この方はもしかして忘れておられるんじゃないか？』と思うんですが、フィーネ様はレオン様と夫婦関係にあられます。夫婦の財産は共有。つまり公爵家の財政事情が、フィーネ様のお財布の中身と同等となります」

「ランセル公爵家の財政事情はどんな感じなんですか……？」

「私は侍女なので、あまり詳しくありませんが……少なくとも、たかがデート一回でお金に困る財政事情ではないのではないかと」

「よかった……」

私はほっと安堵の息を吐き、椅子に腰を下ろす。

「だったら、お金のことは心配しなくてもよさそうですね」

「そもそも公爵夫人が、デートのお金を気にする方がおかしいんですが……まあそういうのもフィーネ様の良いところですしね。素敵です！」

「ほ、褒めすぎですよ」

ただ、私の世間知らずが露呈しただけだ。

「だったら、当日はレオン様に付いていけばいいだけでしょうか？」

「それでもいいんですが……どうせなら、フィーネ様にはもう一歩踏み込んで欲しいところです」

「……？　それはどうすれば？」

「ずばり……レオン様を押し倒しちゃいましょう！」

押し倒す？

頭の中で疑問符がぴょんぴょん跳ねる。

ぽかーんとしている私の一方、エマさんは捲し立てるようにこう続ける。

「レオン様は女性に対して奥手なところがありますからね！　レオン様から手を出してくることは考えにくいです、そこでフィーネ様から積極的になることによってレオン様の内に秘める獣を呼び起こし、そして二人は大人の階段を……」

「ちょ、ちょっと待ってください。エマさん」

このままじゃ、話がずっと続きそう。

途中で彼女の話を遮って、私はこう質問する。

「押し倒す……って、どうしてデート中にそんなことをしないといけないのでしょうか？　レオン様が地面に倒れるだけで、それが積極的だとか大人の階段っていうのにどう繋がるのか……分からないです」

「……………」

あれ？　私、変なこと言った？

そう思うくらいの謎の間だった。

「もしかしてフィーネ様、私の言っている意味がよく分かっていないと？」

「さっきからそう言っています」

「……まあこれはフィーネ様には早すぎますか。それにウブすぎるフィーネ様も可愛いので、このままにしておきましょう」

「教えてくださいよ！　なんでデート中に押し倒さないといけないんですか――」

それから私はエマを問い詰めたが、結局彼女は答えてくれなかった。

日が過ぎるのも早いもので――デート当日。

私は身支度を済ませてから、待ち合わせ場所である屋敷の正門前へと向かった。

「来たか」


待ち合わせ場所に着くと、既にレオン様が待ってくださっていた。

「すみません、身支度に時間がかかってしまって。待ちましたか？」

「俺もさっき来たばかりだ。なにも問題ない。そんなことよりも……」

「はい？」

レオン様は頰を搔きながら、私の姿を眺める。

なんだかこの雰囲気、前にもあった気がする。いつだっけ？

記憶を辿っていると、彼は意を決してという感じで口を開いた。

「きょ、今日はいつもと服装が違うんだな。キ、キレイだ」

「ふぇっ⁉」

予想だにしないことを言われたから、つい素っ頓狂な声を上げてしまう。

さすがにデートということもあって、いつもよりお洒落をする必要がある。だからエマさんに手伝ってもらって、一生懸命お洋服選びに勤しんでいたのだ。

だけどレオン様が褒めてくれるとは思っていなくて、私はドキドキしてしまった。

「ありがとうございます。そういうレオン様もカッコいいです。なんというか……優しそうな感じで」

いつものレオン様が優しくないわけじゃないけれど、どちらかというと普段の彼は仕事人間という感じ。

でも今日の彼はふんわりした雰囲気で、だからといってラフにもなりすぎない。丁度いい塩梅（あんばい）の服装だった。

率直に言うと……この服、好き！

「そ、そうか。君にそう言ってもらえると嬉しい」

かーっと顔を赤くして、私から顔を逸（そ）らすレオン様。

こういう彼の姿も、可愛いなと思った。

「良い調子です、良い調子です！　レオン様！」

「ふふふ、レオン様の服を一緒に考えた甲斐（かい）がありました。出だしは好調です」

……なんだろう。

聞き覚えのある声——具体的に言えばエマさんとアレクさんの声が、あちらの草の茂みから聞こえたが……きっと気のせいだろう。

「じゃあ行くか。まあリラックスしてくれ」

「はい。今日はよろしくお願いいたします」

とデートの始まりは、ゆったりとしたものだった。

その後、私はレオン様に色々なところへ連れていってもらった。

お昼過ぎに立ち寄った服屋でのこと。

店員さんとこんなやり取りがあった。

「いいわいいわ～。さすが、レオンちゃんの奥さんね。素材がいいから、どんな服でも似合っちゃう！」

……なかなか独特な店員さんだった。

レオン様から聞くに、どうやら昔からよく利用していた服屋だったらしく、そのことから店員さんは彼のことを実の子どものように可愛がっている……とのことだった。

ちなみにこの店員さん、こういう喋り方をしているけれど、性別は男。年齢はすごくお若く見える。レオン様の子どもの頃を知っているということだったから、まあまあ良い歳だと思うけれど。

「ほ、褒めすぎですよ。ここの服が全部素敵なおかげです」

「謙遜しちゃうのね～。そういうところも可愛いわ。レオンちゃんも、良い奥さんを見つけたわね」

「そのことについては否定しないが、『レオンちゃん』って呼ぶのはやめてくれないか？　俺はもう子どもじゃないんだ」

「私にとっては、レオンちゃんはいつまで経っても子どもよ」

と店員さんがウィンクする。

レオン様はそれに対して「はあ……」と溜め息を吐くものの、怒ったりすることはない。

「フィーネちゃん、気に入ったものはあった？」

「正直、甲乙付け難いですね……」

鏡の前でくるりと回ってみる。

先ほどから、店員さんが色々な服を持ってきてくれている。中には私にしたらちょっと派手なものまであって、飽きなかった。

そして今着ているのは、ちょっと薄着の洋服。

ここから夏に近付いていくわけだし、こういう服も持っていていいかもしれない。

「レオン様はどう思いますか？」

自分だけでは決められず、私はレオン様に意見を求める。

「似合ってる。気に入るものがあったら、全て買うといい。それも公爵夫人としてふさわしい姿や行動を心がける――という契約条項のためだ」

「そんなの、私にとっては得なことしか……」

ここでふと気付く。

あの結婚契約書は私を縛るもの――と思っていた。

しかし公爵家に嫁いできてから、不自由を強いられていない。魔法を禁じられた時はあったけど……あれもレオン様が私を気遣ってくれたからだ。

『契約書に書かれていた条項も、全てレオン様があなたに配慮したものです。直に分かると思いますよ』

そういえば嫁いできた初日、アレクさんにそう言われたことがある。

もしかして……あの契約書は私を縛るものではなく、私を自由にさせるものではないのだろうか。

公爵夫人としてふさわしい姿や行動をするためには、こうして服も必要になってくる。

公の場では夫婦として仲睦(なかむつ)まじい姿を見せるのも、裏を返せばそれ以外の部分は無理にそうする必要がないということで――。

「……？　どうしたフィーネ」

なにも言葉を発さなくなった私を、レオン様は不思議そうに見た。

「あ、いえ、すみません。考え事をしていました」

本当のところは分からないけど、やっぱりレオン様に無駄遣いさせるのは申し訳ない。

「全部買う……というのは、さすがにもったいないです。買っても全部着られるかも分かりませんし」

「君は本当に貴族の令嬢らしくないな。世の中には一度着た服は、二度と着ない令嬢もいるというのに……まあそれが君の良いところの一つだが」

「だから私、レオン様に選んで欲しいです。これと――」

私は特に気に入った服を二着持ってきて、レオン様に見せる。

「……これ。レオン様はどちらが良いと思いますか？」

「……っ！」

その瞬間。

まるでレオン様の頭に雷が落ちたかのように、彼は目を見開いて動かなくなった。

「レオン様……？」

「とうとう来たか……その質問」

そう言うと、レオン様は眉間に手をやり、苦悶の表情を作った。

そしてぶつぶつとなにかを呟きながら、考え始めたのだ。

「だ、大丈夫ですか⁉」

「大丈夫よ。今、レオンちゃんは苦渋の決断を迫られているんだからね。そっとしてあげなさい」

「……？　分かりました」

店員さんがぽんぽんと私の肩を叩いて、優しい声音で言うけど意味がよく分からない。

やがてレオン様はバッと顔を上げ、こう答えた。

「……み、右の服だ。その、初夏の雰囲気を醸し出す、涼しげな服は君に似合っている。それを着て、さんさんと輝く太陽の下で笑っている君の姿は容易に想像出来……」

「ありがとうございます。では、右の服にしますね」

私がそう即答すると、レオン様はきょとんとした表情になった。

「正解……だったのか？」

「正解？　なにを言っているんですか。私はレオン様の好みを聞きたかっただけです。最初から、レオン様の良いとおっしゃった方を選ぶつもりでした。私は公爵夫人として――レオン様の隣にいても、恥ずかしくない女性になりたいですから。契約書にも書かれていますし」

私が言うと、店員さんは微笑ましそうにニコニコとしていた。


服屋も出て、私たちは次のお店へ移っていた。

「お、美味しそうなスイーツでいっぱいです……！」

そこは街中でも評判のスイーツショップだったらしい。

色とりどりのスイーツがショーウィンドウの中に並べられており、その宝石のような輝きに、私は思わずはしゃいでしまった。

「屋敷に来た初日に、君がマカロンを喜んでくれたのを覚えていてな。甘いものが好きだと思っていたが……そうでもなかったか？」

「いえ――マカロンに限らず、甘いものは大好きです」

私がレオン様の顔を見て微笑むと、彼は頬を朱色に染めた。

私の好きなもの……事前に考えていてくれたんだ。

彼と行くところなら、どこだって楽しい。行く場所が重要ではない。誰と行くかが重要なのだ、byフィーネ。

だけどレオン様が今日のために、色々考えてくれることが嬉しかった。

今日という日が特別だと、彼も分かってくれているんだと感じるから。

「……あれ？」

私はとある見本用のスイーツに目がいく。

それはスイーツの中でも、私が一番大好きなマカロンだった。

「このマカロン……もしかして、あの時に出してくださったマカロンですか？」

「ん、そんな微細なことまでよく覚えていたな」

レオン様は少し驚いた様子で、こう口を動かす。

「あの時のマカロンは、ここで俺が購入したものだ。なにを出したら君が喜んでくれるかと、頭を悩ませたのを覚えている。今となっては良い思い出だ」

「え……？」

すぐに言葉を返せない。

そういえば、レオン様は「選んだ甲斐(かい)があった」と言ってた気がする。でも特に深い理由はないものだと思っていた。

「どうした？　顔が真っ赤だが」

急に彼の顔が見れなくなって、私は背を向ける。


——嬉しかったのだ。


レオン様は公爵だ。

わざわざ自分で選ばなくても、使用人に買ってきてもらえばそれで事足りる。

だけど彼は自分で選んでくれた。

私のために、そうしてくれることが嬉しかった。

「ありがとうございます……」

嬉しくて、今にも泣いてしまいそうになったけど。

なんとか堪えて、そう言葉を絞り出した。

「ん？　今更だな。まあそんなに喜んでくれたなら、俺も嬉しいばかりだ。君の妹は違ったようだからな」

「え？」

「なんでもない」

そう言って、レオン様は話を打ち切る。

彼にとっては今更のことで、どうでもよかったんだろう。

だけど私にとったら、レオン様がマカロンを選んでくれたという事実は、黄金のように光り輝いていた。


スイーツショップを出た後、ぶらぶら街中を歩いていたが——途中で公園を見かけた。

青く生い茂った芝生がとてもキレイ。

楽しそうに遊んでいる家族の姿に目を奪われ、私は思わず足を止めてしまった。

「ん……どうした？」

それをレオン様にも悟られたのか、彼もその場で立ち止まる。

「いえ……」

「言いたいことがあるなら言った方がいい」

レオン様はそう言ってくれてはいるが——私が言おうとしていたことは、いわばただの我儘（わがまま）。

今まで自分の気持ちを押し込め、実家の家族や戦場で戦っている人のために身を粉にして働いてきたので、こういう時どうすればいいか分からない。

「……俺の話をしようか」

そんな私を見かねてなのか、レオン様がゆっくりと語り始める。

「俺は昔から、他人の気持ちを読み取るのが苦手だ。そして他人に自分のことを分かってもらうのは、さらに不得意だったんだ。だから——回りくどいことを言わずに、はっきりと言う。俺は君のしたいことを全て叶えたいと思っている。だから言ってくれ。君はなにがしたいんだ？」

真っ直ぐに私を見つめてくれるレオン様。

そんな彼の真剣な眼差しを見ていたら、私の中で小さな勇気が生まれた。

「こ、ここの公園でレオン様と一緒に休憩したいです。芝生の上に座ってみたいです」

そう言うと、レオン様は柔らかな笑みを浮かべた。

「言ってくれたな……ありがとう。よし、歩き疲れただろうし、ここで一回休憩しよう」

私たちは隣り合って、芝生の上に座る。

通り過ぎる風がとても心地よかった。

「こうして家族連れの人たちを眺めていると、ふと気になったんだが――君の本当の母上は、既に亡くなられていたんだったな？」

言ったことはなかったけど、これくらいは調べれば分かることだ。おそらく、私と結婚しようとなった時に身辺調査をしたのだろう。

レオン様の言葉に、私は静かに頷く。

「そうか……どんな母上だったんだ？」

「とても優しいお母様でした。どんなに辛いことがあっても、いつも笑顔で――毅然として、弱い人をいつも守ろうとしていました」

そして――あの家の中において、お母様は私の唯一の味方だった。

「そんなお母様が私は大好きでした」

「そうか。もしご存命だったら、ちゃんと挨拶をしたかった。しかし……納得した。君は母上に似たんだな」

「私が……？」

お母様の姿に憧れを抱いていたけど、私がその背中をちゃんと追いかけられていたかと問われると——多分、違う。

私はちょっとしたことで落ち込んで、つい塞ぎ込んでしまう。

そして自分の身を守ることに精一杯で、他人にまで目を向けている余裕もない。

だからレオン様がそう言うのは、不思議だった。

「普段の君は違うかもしれないな。だが、あの戦場で見た君の姿は——まさしく、君の言う母上そのものだ」

「戦場では、落ち込んでいる間に誰かが死んでしまうかもしれませんから……」

だから自分を無理やりに奮い立たせていただけだ。

「私はお母様みたいにはなれません」

「……君は本当に自分を過小評価しすぎる。君に助けられて、俺が目を開けた時——君の姿はまさしく聖女のようだった」

「聖女……妹のコリンナじゃなくて？」

「ああ、そうだ」

断定するレオン様。

「ありがとうございます。お世辞でも、そうおっしゃっていただけて嬉しいです」

「お世辞ではないんだがな」

とレオン様は少し不満げに言う。

「まあその話は追々にしよう。せっかく、さっきのスイーツショップでマカロンを買ったんだ。それを食べながら、もう少しゆっくりするか」

「はい」

私たちはマカロンを食べながら、公園で時間を過ごしている人たちを眺めていた。

みなさんの顔には笑顔が浮かんでいる。

それは平和だからこそ実現出来る光景だろう。

騎士団が頑張って、敵兵と戦っているからこそ、みなさんは平和を享受出来ているのだ。


『ずばり……レオン様を押し倒しちゃいましょう！』


レオン様の横顔を見ていると、私はふとエマさんに言われたことを思い出す。

地面は柔らかい。

もしかしたら、ここだったらやれるかも……？

「失礼します」

「ん？」

レオン様が聞き返す。

私はそれに答えず、「えい」と彼を地面に押し倒した。

「……なにをしている？」

レオン様は寝そべったまま、私に疑問を発する。

「すみません。エマさんから『デートの最中、レオン様を押し倒しちゃいましょう』と助言を受けていましたので。それがどういう意味なのか分かりませんでしたが……せっかくなので、やってみました」

「あいつ……また余計なことを吹き込んで……」

とレオン様は嘆息する。

「エマを問い詰めるのは帰ってからにするとして……君も横になってみたらどうだ？　意外と気持ちいいぞ」

「お言葉に甘えまして」

レオン様の隣で寝そべる。

青空が手を伸ばせば届きそうと思えるくらい、近くに感じた。

雲一つない青空で、こうして横になっていると心が澄み渡っていくようだった。

「レオン様……あ、でも。やっぱり良いです」

「なんだ？　言いたいことは言えとお願いしただろう？　俺はそういう人間と一緒にいる方が楽だ」

「でしたら――」

意を決して、こう言葉を紡ぐ。

「前から思っていたんですが……レオン様、私を名前で一度も呼んだことがありませんよね？」

「……っ！」

レオン様からの返事はない。

「差し出がましいお願いだとは分かっています。名前を呼ばない理由も、なにかあってのことでしょう。だけど……一度でいいから、フィーネと名前で呼んで欲しいのです」

今までの私だったら、そんなことは思いもしなかった。

しかしレオン様と一緒にいる時間が長くなって、いつしか彼には名前で呼んで欲しくなっていた。

「……深い理由なんてなかった」

レオン様がとつとつと語り出す。

「しかし名前で呼んで、君が嫌がらないかと危惧しただけだ。だからなかなか呼べずにいた」

「危惧？　どうして私が嫌がる必要があるんですか？」

「……なんとなくだ」

彼は少し照れたようにして、こう続けた。

「だが、それで君を不安にさせては本末転倒だな。これからは名前でも呼ばせてもらおう」

そう言って、レオン様はすーっと息を吸い込んで。

「フィ――」

私を名前で呼ぼう――とした瞬間だった。

カンカンカンカン！


けたたましい鐘の音が街中に響き渡る。

咄嗟に私たちは身を起こし、辺りを観察した。

人々も鐘の音に気付き、戸惑っている。今までの平和が嘘のように、顔を不安で染めている。

「レオン様、これは……」

「ああ」

先ほどまでの朗らかな空気からとは一転。

レオン様は真剣な眼差しで、こう答えた。

「戦争だ」


私たちはデートを中止し、急いで屋敷まで帰った。

「帝国に動きはなかったんだ。宣戦布告もなかった。しかしヤツら、急に山を越えてきやがって……」

屋敷内の作戦会議室。

戦争の始まりが告げられて、そこには私とレオン様はもちろんのこと、ゴードンさんとアレクさん。さらには騎士の方々の顔も揃っていた。

ゴードンさんが現在の状況を説明すると、周囲に緊張が走る。

彼の声には戸惑い——そして怒りが含まれているように感じた。

「帝国はなんのつもりだ。先の戦いで敗北したことをもう忘れたのか。それに宣戦布告もなしに仕掛けてくるとは言語道断だ。ふざけている」

レオン様も憤っている様子である。

それも仕方ない。なにせ『大陸法』で宣戦布告なしの開戦は固く禁じられているのだ。

昔、無秩序に戦争が行われ、非人道的・残虐な行為が横行したために制定された国際法らしい。

帝国は一切の予告なしに国境を越え、攻撃を仕掛けてきた……ということだった。

それでみなさんは慌てて、こうして会議を開いたというわけだ。

「剣神もいるのでしょうか？」

アレクさんがそう質問する。

剣神——先の戦いで、レオン様とアレクさんが敗北した剣士。

ゴードンさんはアレクさんの質問に、肩をすくめた。

「どうだろうな。今のところは確認されていないが……先の戦いでは剣神がいてなお、帝国は敗北したんだ。なのに剣神がいないまま、戦争に勝利出来るものと帝国は考えていないと思うし——来

「だな。先の戦いで俺とアレクは、剣神に傷一つ負わせることが出来なかった。万全の状態で出陣してくるはずだ」

レオン様が苦い表情を作る。

彼は剣神に一度負けて、死にそうになっている。あの時の記憶が甦って、気が重くなっているんだろう。

しかしそんなレオン様の背中を、ゴードンさんは力強く叩いて。

「なあに、前はオレがいなかったからな。オレとお前なら、剣神くらいぶっ倒せる」

「油断は大敵――と言いたいところだが、お前に言われたら不思議とそう思えてくる。以前の借りをここで返そう」

レオン様は表情こそ変えなかったものの、その声にはゴードンさんへの信頼感が含まれているように感じた。

さらにここまで黙ってことの成り行きを見守っていたアレクさんも、

「色々と帝国には苛立ちを感じるところですが……ここでずっと話し合っていても、仕方がありません。今すぐ、騎士を引き連れて基地にいる方々と合流しましょう」

と発言した。

「それで……ひとつ思ってたんだが、やはりフィーネも来るつもりか？」

ゴードンさんが私に話を振る。

すると会議室にいるみんなの視線が、一斉に私に集中した。

「もちろんです。私も軍医として、みなさんのお役に立たなければいけません」

「……やっぱり君はそう言うのか」

レオン様は心配そうに口を動かす。

そんなレオン様の表情の中に、私は彼の懊悩を垣間見た。

「なにを悩まれているんですか？　元々、この結婚はそういう契約のはずです」

「レオン様はあなたを危険な目に遭わせたくないのですよ」

しかし今のような緊急事態において、そのような気遣いは不要だ。

レオン様の代わりに、アレクさんが答えた。その声には私への気遣いが含まれていた。

「レオン様が私のことを大切に思ってくれているのは――もう分かっています」

この度の結婚はただの契約結婚じゃない――そんなことはさすがに、私も気付いている。

ここで私が行きたくないと言ったら、レオン様はその意思を尊重してくれるだろう。

だけど私はこの領地に来て、様々な人に出会った。

戦場に出るアレクさんとゴードンさん。

それに訓練所にいた騎士のみなさんも、私にとっては大切な方々。

あの方々も命を懸けて、戦場に出ることになるだろう。

死ぬかもしれないのに――でも大切な人を守るために。

そんな彼らに死んで欲しくない。

「だけど——私もみなさんのことが大切。レオン様、私は行きます。これだけは譲れません」

「……分かった。君は本当に、戦争のことになると人が変わったようになるな」

一瞬の逡巡の後。

レオン様はさらにこう続けた。

「しかし君一人では心配だ。アレクを君の護衛につける。前線から離れたところに基地となっている塔があるんだ。君はそこで待機し、負傷者の治療に当たって欲しい。どうだ？　やれるか？」

「はい、大丈夫です。だって私は軍医ですから」

ここで不安そうな顔を見せてしまえば、レオン様が抱えている不安が増大する。

そう思った私は、気丈に微笑んだ。

「ガッハッハ！　大丈夫だ。フィーネが待機する塔は、いわば最終防衛ライン。帝国の兵士ども——特に剣神がそこに辿り着くまでには、オレとレオンでなんとかしてやるから」

元気づけようとしてくれているのだろう、ゴードンさんが私の背中をバンバンと叩く。

大きな手の平だった。

背中を叩かれただけだというのに、彼らに対する絶対の信頼と安心感が私の中で膨らんでいった。

「よし、行くぞ。不躾な敵国に礼儀というものを教えてやろう」

レオン様がそう言うと、私たちは口を閉じたまま静かに頷いた。

「開戦した……？」


教会内。

コリンナは水晶に映し出されているバティストと、言葉を交わしていた。

『はい。どうやら帝国が宣戦布告もなしに、あなたたちの国に戦争を仕掛けたそうです』

「ふうん、そうなのね。でも、どうしてあんたは他人事(ひとごと)なのよ。帝国といったら、あんたの国じゃない」

『私は帝国の軍部と関わり合いがないですから』

とバティストは肩をすくめる。

その軽薄な口調に、コリンナは胡散臭(うさんくさ)さを感じた。

『今回は帝国も本気みたいですよ？　剣神の噂(うわさ)はご存じですか？』

「もちろんよ。帝国最強の剣士よね。それじゃあなに――その剣神が出てくるとでも言いたいの？」

『理解が早くて助かります。剣神は先の戦いで、レオンとアレクの二人に勝利しています。もしかしたら、人がいっぱい死ぬかもしれません』

「……あんたはまどろっこしいわね。私に連絡を取ってきたということは、他に言いたいことがあるんでしょ？　さっさと言いなさい」

『やれやれ。聖女はせっかちなようです』

その物言いにコリンナは怒声を上げそうになったが、ここで話を遮ってはさらに無駄な時間を使ってしまう。

怒りをぐっと堪え、コリンナはバティストの言葉に耳を傾けた。

『先日のように――あなたも戦場に行けばどうですか？』

「はあ？　どうして私がそんな危険なところに――」

『戦場に聖女が顔を出せば、騎士や兵士の戦意も上がりますよ？　聖女の威厳を取り戻せるかもしれません』

「――っ！」

バティストの言葉に、コリンナは気付く。

そうだ、聖女の価値を高めなければならない。

以前から、常々考えていたことだった。

そのためにこの戦争はあつらえむきの場所だ。

「――いいわね」

ニヤリとコリンナは口角を吊り上げる。

「あんたもたまには、マシな情報をくれるじゃない」

『それはどうも』

「そうと決まったら、あんたと喋っている時間はないわ。早く戦場に行かないと――」

とコリンナは部屋から出ていき、すぐにお付きの神官や護衛騎士を呼びにいった。

「帝国が戦争を仕掛けてきたらしいのよ。今すぐそこに向かうわよ」

「なっ……！　そんな突然に！　聖女様が行かれれば、皆も喜ぶと思いますが……しかしこちらにも準備が……」

「黙りなさい！　あんたらに反論する権利はないわ。私が行くって言ったら、行くのよ！」

「しょ、承知しました！」

教会内が慌ただしくなる。

コリンナも戦場でいかに自分の存在をアピールするかに思考を巡らせていた。

だからだろう――。


『くくく……バカな女だ』


コリンナの部屋に残された、通信用の水晶。

そこに映し出されているバティストが醜悪な笑みを浮かべたことに、誰も気が付かなかった。

『舞台は整いました。では、私も行くとしましょう』

とバティストは傍に置かれている仮面を手に取った。

『先の戦場では仕留め損なった。それに――街中ではとんだ恥をかかされてしまいましたからね。もう一度、どちらが上か分からせてあげましょう』

その好戦的な笑みは、まるで獣のようであった――。

第五話

「おい！　援軍はまだか！」

「無茶を言うな！　こっちは怪我人の手当てで一杯一杯だぜ！」

「なんとか持ち堪えろ！　前線ではレオン様が戦ってくれている！」

基地となっている塔の中では、騎士たちの怒号が響き渡っている。

この肌がひりつくような空気。

私はまた戦場に戻ってきたのだ。

「みなさん、落ち着いてください」

塔の中で動き回っている騎士たちに、私は声を張り上げる。

「怪我人は私が必ず助けます。なのでみなさん、冷静になってください。厳しい戦いだというのは分かるけれど、そう悲観しないで！」

みなさんは私の声を聞いて、頷き合う。軍医の話に耳を傾けるくらいには冷静らしい。

「はあっ、はあっ……下手をこいちまった。すまねえ」

「無理に喋る必要はありませんよ――マルコさん」

簡易ベッドで横になっているマルコさんに、私はそう声をかける。

「お、俺の名前を覚えてんのか？」

「ええ、もちろんですよ」

マルコさん――先日、騎士団の訓練所でアレクさんに喧嘩を吹っかけてきた人物である。

彼もまた、他の者たちと同様に前線に出ていたのである。

マルコさんは苦しそうな表情を浮かべてはいるものの、怪我自体は命に関わるものではない。治療も既に済ませている。

しかしそれでも、痛みや恐怖が完全になくなることはないので、今の私には彼の心情が手に取るように分かる気がした。

「……お嬢ちゃん――いや、フィーネ様に助けられるのはこれで二度目だな。本当にありがとう」

「礼なんて結構ですよ。私は自分のやるべきことをやっているだけですから。今は回復に努めてください」

「そうさせてもらうよ」

とマルコさんは目を瞑った。


――塔に到着して。


レオン様とゴードンさんはすぐに前線に向かって行かれた。

前線は戦場において最も危険な場所。

いつ死んでもおかしくない。

だけど彼らは命を懸けて大切な人を守るため、足を前に進めるのだ。

本当は私だって、レオン様が危険な場所に行くのを止めたい。

だけどそんなことをしても、ただの私の我儘になる。

他の騎士にも示しが付かないし、レオン様は決して首を縦に振らないだろう。

だからレオン様は「行ってくる」と一言だけ告げて塔を発ったし、私もそれに「ご無事で」と端的に告げただけだった。

レオン様とゴードンさんは前線で、剣神とまた巡り合うことになるかもしれない。

それでも私は目の前のやるべきことに集中するしか出来ないのであった。

結果的にそれがレオン様たちの負担を減らすことになると思うから――。

「フィーネ様、大丈夫ですよ。レオン様は同じ相手に二度負けるほど、柔じゃない」

怪我人の手当てをしていると、アレクさんが声をかけてきた。

「……分かります？　私がレオン様の心配をしていることが」

「分かりますよ。いつものフィーネ様とは表情が違っている。それでも、見事に治癒魔法をかけ続けているのはさすがの一言ですが……」

感心するようなアレクさんの声。

ちなみに――当然のことであるが、この非常事態下において私の『一日一回』という魔法回数の縛りは解かれている。

しかしレオン様は、

『いいか？　あくまで治癒魔法に限った話だ。他の魔法は使うんじゃないぞ』

と言い残していったが、そもそも私は治癒魔法しか使えない。先日の私が倒れた時の一件もそうだけど、レオン様はなにを心配しているんだろう。

まさか本当に私、光魔法が――。

そう思いかけるけど、すぐに頭の中を切り替える。

仮に私に治癒魔法以外の力があろうとも、今の状況では必要ないはず。人を癒すのは光魔法では出来ないはずだからだ。

ゆえに私はそこで思考を止め、再び怪我人たちと向かい合った。


「ふう……なんとか、一段落付きましたね」

運び込まれてくる怪我人たちも少なくなってきた頃。

私は額の汗を腕で拭い、椅子に座って一息吐いていた。

「はい――飲み物です。水分、取っていないでしょう？　本当なら紅茶を出したいところですが」

水の入ったコップをアレクさんは私に渡し、ちょっと冗談っぽく口にした。

「ありがとうございます。紅茶はみんなで無事に帰ってからのお楽しみにしましょう」

「それはいいですね。レオン様とゴードンとも一緒にお茶会を開きましょう」

「とても楽しみです」

レオン様たちの状況が気になるけど、私には彼らの身を案じることしか出来ない。

それを少しもどかしく思った。

そんな私の内心を読んだのか、

「安心してください。入ってきた情報では、前線は我が騎士団優勢で戦況が進んでいるようです。すぐにレオン様たちも笑顔で帰ってくるはずですよ」

とアレクさんが声をかけてきてくれた。

「剣神はまだ姿を見せていないのですか？」

「ここと前線とでは距離が離れているため、まだここまで情報が入ってきていません。しかし戦闘になっている可能性は非常に高いかと」

「そう……ですか。ですが、アレクさんの言った通り、剣神の野郎が出てきても、レオン様がぶっ倒してくれますよね」

力強い言葉でそう答えると、アレクさんは驚きで目を見開き。

「……本当に戦場でのあなたは、普段とは別人のようです」

「あら、お嫌いになりましたか？」

「いえ――ますます好感を覚えました」

とアレクさんは微笑(ほほえ)む。

なにはともあれ――塔の中は少し落ち着きを取り戻し始めたものの、まだ怪我人は多い。

「よし――休憩終わりです。再開しましょう！」

立ち上がって、そう声を上げると。


――っ、せ、聖女様――⁉


にわかに塔の外が騒がしくなってきた。

それに対して、アレクさんも不審げな表情を見せる。

「……？　なんでしょうか。嫌な予感がしますが」

「私もです」

それに――微かに聞こえる『聖女』という単語。

聞くだけで、胸の鼓動が騒がしくなり、奈落の底に落とされた気分となる。

その騒ぎの声は徐々に大きくなっていき――どうやら、こちらに誰かが近付いてきているようである。

「ここで考えていても仕方がないですね。私が見てくる――」

とアレクさんが動こうとした時――それより早く、私たちがいる部屋に一人の女性が入ってきた。

「あら、やっぱりあんたもここにいたのね。私が来てやったわよ。感謝しなさい」

まとわりつくような嫌な声。

私はそれを聞いて、背筋がぞっと寒くなった。

「コ、コリンナ⁉」

何人かの護衛を引き連れて——妹のコリンナが現れたのである。

◆　◆

「く……っ！」

戦場の最前線。

俺——レオンとゴードンは、目の前の男を攻めあぐねていた。

「さすが帝国の最強剣士といったところか」

ゴードンが俺の隣に立ち、そう声を発する。

「それにしても、そろそろ素顔を見せて欲しいところだな。それとも他人に見せられないくらい醜(ぶ)男(おとこ)なのか？」

考える時間を稼ぐためにも、俺は彼を挑発する。

戦場においては驚くくらい、軽装の男。

その男の素顔は奇妙な仮面で隠されていた。

彼は剣神とだけ呼ばれている。

正体不明の最強の剣士。

剣神と呼ばれるだけあって、その強さは破格のものであった。

「………………」

俺の問いかけに、剣神は両手で剣を構えたまま——なにも言葉を発さない。

だから返事がくるものとは思っていなかった。

だが。

「くっくっく……」

彼の口から不敵な笑いが零(こぼ)れた。

「おやおや、まだ気付かないようですね。覚えてないですか？　あなたと戦うのはこれで三、、、度目ですよね」

三度目——おかしい。

一度目は言わずもがな、前回の戦争で……だ。

しかしそれ以外に剣神と剣を交えた記憶はなく、これで二度目のはずだった。

ヤツが記憶違いをしている……？

いや、この声は……。

「――っ！」

「どうやら気付かれたようですね」

剣神は一気に距離を詰め、俺たちに剣を振るう。

その速度は、俺たちの騎士団内において最速とも称される疾風の騎士（ラピッドナイト）――アレクにも劣っていなかった。

だが、俺は寸前のところで剣神の攻撃を回避し、代わりに剣を下から上に一閃（いっせん）する。

今まで攻撃などまともに当たらなかったはずなのに、剣神の仮面に剣がかすった。

それすらもまるで、剣神の手の平の上で踊らされているような感覚を抱いた。

しかしそれによって、剣神の仮面が彼の顔から剝がれ落ちる。

その裏から現れた素顔は――。

「お前は――街中でフィーネにちょっかいをかけた男だったな」

「ご名答。名前をバティストといいます。お見知りおきを」

と剣神――バティストが優雅に頭を下げた。

彼の顔を見て、俺の中で怒りが爆発しそうになった。

「レオン、落ち着け」

だが、そんな俺の肩にゴードンが手を置く。

「その様子だと戦争とは関係なしに、そいつとはなにか因縁があるみたいだな。だが、今はそんなの関係ねえ。今はこの戦争を終わらせるためにも、目の前の戦いに集中しよう」

「無論だ」

頷く。

「ふふふ……では、私も本気を出させてもらいましょうか」

怒りを必死に堪えている俺に対して、バティストは余裕そのものだ。

彼がその両手に持っている剣を交差させると、そこを中心として闇の炎が宿った。

「やはり……か。それは闇魔法だな」

「随分と察しが良くなったではありませんか」

バティストの口元が三日月の形となる。

今まで上手く隠していたようであるが――突然、俺でもはっきりと分かるくらいに魔力を顕現させた。

おそらく、これ以上手の内を隠しても無意味だと思ったからだろう。

前回の戦いに敗北した後、俺は領地に帰って彼の強さを徹底的に洗い出した。

そしてその結果、剣神は闇魔法の使い手である可能性が高いことが判明する。

まあ他の書類仕事もやりながら、剣神を調査するのはなかなか骨の折れることだったがな。

おかげで莫大な時間、執務室に籠ることになってしまった。

「さあ、踊りましょう」

バティストが再び剣を振るう。

その剣筋はまるで舞いを演じるかのようであった。

整然とした動きでありながら、そこにはゴードン以上の力強さを感じる。

これも闇魔法の効能であろう。

「おややや、イヤリングが前回付けているものと変わっていますねえ？」

俺とゴードンはバティストの攻撃を防ぐのに精一杯だというのに、ヤツは無駄話を振る余裕さえ持ち合わせていた。

「意外とお洒落（しゃれ）ですね。そのイヤリングはどうしたんですか？　もしかして愛（いと）しの妻に買ってもらったんですか？」

「黙れ」

「ならばあなたの耳を削（そ）ぎ落（お）として、そのイヤリングは私が貰（もら）いましょう。あの美しい女――フィーネからの贈り物は、あなたに似合わないのですから」

「黙れと言っている！」

相手の剣を押し返す。

するとバティストは愉快そうに、俺から距離を取った。

ヤツが彼女の名前を出すだけで、吐き気を催すくらいに不快だった。

それがヤツの狙いだということは分かっているが……フィーネの名前を出されては、俺もいつもの冷静さを保てない。

「くっくっく……もしかして、まだ愛しの妻の元に帰れると思っているんですか？」

邪悪に笑うバティスト。

「無理ですよ。前回のあなたも――そして今回も、あなたは私に歯が立たない。どうやって、私に勝つつもりですか？」

「お前は勘違いをしている――自分がまだ、勝つつもりだということを」

俺の言葉に、バティストは首をひねった。

――深呼吸をして、目を閉じる。

それは刹那の瞬きですら許されない戦場において、愚かともいえる行動だろう。

しかしそれによって、余計な怒りが霧散し、思考がクリアになる。

「勝負を諦めましたか――」

バティストが地面を蹴った音。

それが聞こえたと同時に、ヤツは俺の目の前に辿り着いているだろう。

俺はまだ目を閉じている。

暗闇の中では、ヤツの動きははっきりとしない。

だが、その中においても――

「はあああああああ！」

その声を聞き、俺は振り返らないまま頭を下げる。

僅か上空――巨大な剣が通過した。

「なっ……！」

バティストの驚きの声。

俺は好機と見て目を開き、ヤツの姿を見据える。

「ゴードンとはな、昔から共に剣を振ってきたんだ」

それこそ――何百万、何千万――下手をすれば、億の領域にも足を踏み入れているだろう。

「だからゴードンのやることとは、目を閉じても分かる」

共に振るった剣は、なにも見えない暗闇の中でも光となって現れる。

「俺はこいつと二人なら誰にも負ける気はしない。お前もそうだろ？　ゴードン」

「ああ、その通りだ」

俺の位置からではゴードンの表情は見えない。

しかしこの時、確かにゴードンがニカッと――二人で協力して、指南役の先生に初めて模擬戦で勝利した少年時代――それと同じ笑みを浮かべたことが分かった。

「なるほど、あなたも力を隠していたということですか」

「隠したつもりはねえよ。レオンの動きならともかく、お前の動きはよく分かんなかったからな。しばらく、戦い方を観察させてもらっただけだ」

ゴードンがそう答え、再び戦いが始まる。

しかし今度は先ほどまでの焦燥感はなかった。

俺とゴードンが連携し、バティストを追い詰めていく。彼は防戦一方で、俺たちにまともな攻撃を繰り出せずにいた。

「……これは勝てませんね。一人で戦っている私と――二人で戦うあなたたち。どうりで私が負けるわけだ」

そして自らの敗北を予知したのか、

「私、足掻(あが)くのが嫌いなんですよ。カッコ悪いですから」

バティストは剣をすっと下ろす。

「さあ、誇りなさい。あなたたちは今――帝国最強の剣士に勝利したのです」

「残念ながら――」

十字架に磔(はりつけ)にされたかのように両腕を広げるバティスト。

俺は剣を振り上げ、こう口にする。

「そんなものは自慢にもならないな。何故(なぜ)なら、俺たちは世界最強の騎士なのだから」


剣神――バティストとの戦いが終わった。

そのことを告げると、我が騎士団から歓声が上がる。戦意も最高潮だ。

一方、帝国軍は最強の象徴である剣神を討ち取られて、戦意は消失。逃走に移る者も現れた。

「勝ったな」

「ああ」

と俺はゴードンと肘を合わせる。

「そしてバティスト――お前は捕虜として捕らえる。お前にはたっぷりと喋ってもらわないといけないことがあるからな」

「好きになさってください」

縄で拘束されているバティストが、謳うように返事をする。

「随分と余裕そうだな。自分の置かれてる状況が分かってんのか？」

そんな彼の態度を見て、ゴードンは苛立ちを隠せない。

確かに、こいつは最後まで余裕を崩さなかった。

戦争自体も敗北必至の状況であるし、こいつは今から捕虜として辛い生活が始まる。

それなのにこの態度は不気味だった。

「私はあなたたちに負けました。しかし――帝国の勝利は揺るがない」

「どういうことだ？」

「あなたたちには真の敵がまだ残っているということですよ」

とバティストは口角を吊り上げる。

「お前以上に強い敵がどこにいる？」

今度は俺から彼に問いを投げかける。

「あっちは保険のつもりでしたけどね――まあ最終的には、最善の結果を帝国にもたらしてくれることになるでしょう」

「お前の言い方は回りくどすぎる。はっきりと言え」

「ここでこんな問答をしている場合ですか？　今頃、あなたたちの塔に真の敵が辿り着いたところです」

塔――前線から離れた基地のことか。

あそこには補給部隊や怪我人がいて、中にはアレクとフィーネが――。

「……っ！　ゴードン！」

「ああ、フィーネが危ない」

ゴードンも真剣な表情で言葉を返す。

バティストの虚言の可能性もある。

しかしこいつの表情を見ていたら、とてもそんな風に思うことが出来なかった。

「さあて、公爵騎士よ。あなたは愛しの妻を守ることが出来るでしょうか？」

バティストを他の者に任せ、俺とゴードンは馬に乗る。

そして塔に急いで帰還しようとした時、バティストはこう言い残した。

「あっちの聖女は私のような紛い物じゃない。彼女こそが、帝国にとって真の聖女だ」

◆　◆

「コリンナ！　どうしてここに……？」

突如、姿を現したコリンナに対して、私は問いを投げる。

そんな私に対して、コリンナは不快そうにこう吐き捨てた。

「あら。聖女の私が来たのよ？　その言い振りだったら『余計なことをするな』っていう風に聞こえるけど？　聖女が来たんだから、あんたは大助かりなんじゃない？」

扇で口元を隠しながら、私を見下すコリンナ。

コリンナの周りには、彼女を護衛する騎士が直立不動で立っていた。

彼女の言っていることはごもっともなことだ。彼女は大陸一の治癒魔法の使い手と言われ、だからこそ聖女の名を戴いている。

猫の手も借りたいほど忙しい現場において、コリンナの存在はまさに救世主――のはずだった。

しかし先日のコリンナが逃げ出した一件もあって、助かったという気持ちより「どうして？」という戸惑いの方が大きかった。

「フィーネ様の前に立たないでください。彼女が怖がっています」

コリンナの視線を真っ向から受ける私の前に、アレクさんが割って入る。彼の背中から、コリンナへの警戒を感じ取れた。

コリンナはアレクさんを見るなり、にっこりと笑みを浮かべて、

「あなたはどなたですか？」

と――聖女としての対応に、一瞬で様変わりする。

「私はアレクです。一度……いや、二度お会いしたでしょう。覚えていないのですか？」

一度目は先日の戦争の時だけど、二度？　もう一度はどこで会っていたんだろうか。

しかし私の疑念も晴れることがないまま、二人は言葉を交わす。

「すみません。私、人の顔と名前を覚えるのが苦手なもので……あなたのような雑兵まで覚えていませんでしたわ」

「あなたはフィーネ様とは全然違いますね。フィーネ様は服装が違っていても、すぐに私だと分かってくださったのですが」

「その様子だと、フィーネが私の姉だということを知っているみたいですね。なら説明は早い。そう――私は姉とは違う。才能もなくて醜い姉。逆に私は神から全てを授かった。そんな姉と同一視される方が心外ですわ」

コリンナの表情だけを見ると、笑っているように見える。

だけど目が笑っていない。

さっさとどこかに行って欲しいと考えているような顔だ。

実家で何度も見てきた、妹のそんな顔。

彼女を見て、いつの間にか私の体は恐怖で震えていた。

虐げられた思い出は、私の奥底に刻まれているのだ。

「大丈夫ですよ」

しかしアレクさんが振り返って、私に微笑みかけてくれる。

彼の優しい表情を見ていると、徐々に震えがおさまっていった。

「それで……フィーネ様の問いに、まだちゃんと答えてくれていませんね。どうして聖女様がここに？」

「レオン様を助けにきたのですわ。彼はどこにおられるのですか？」

「レオン様なら前線です。戦いが終われば戻ってくるかと」

「あっ、そう。戦いが終われば……ってことは、今は戦っているということですね。ということは傷ついて帰ってくる可能性は高いと？」

「無傷で帰ってくる――と信じたいところですが、戦場ではなにが起こるか分かりません。私たちに出来ることはレオン様がいかなる姿で帰ってこようとも、すぐに傷を癒せる準備を怠らないことです」

「まあ！　見事な忠誠心ですわ。お見それしました。では……私はレオン様が戻ってくるまで、ここで待っておきますね」

え……？

そそくさとその場から去ろうとしているコリンナを、反射的にこう呼び止める。

「コリンナ、手伝ってくれないんですか？　ここには怪我人も多いし、コリンナの力が必要となってきますが……」

勇気を振り絞ってコリンナを暗に批判すると、彼女は愉快そうに笑った。

「あんたは面白いことを言うわね。だってここにいる人たち、命に支障はなさそうじゃない」

さすがに聖女ということで、それは見ただけで分かるようだ。

「フィーネ様が治療に当たってくれたからです。彼女のおかげで、まだたった一人すらも死人を出さずにいる」

アレクさんはそう反論する。

「ならば、余計に私が動く必要はありません。聖女の力は有限です。雑兵を助けるのに力を使い切ってしまっては意味がないでしょう？」

「確かに魔力は有限かもしれません。ですが、命は平等。だからといって、他の者を見捨てていいという理由にはならず……」

「ああ！　もう、うっさいわね！」

コリンナから怒気が迸る。

彼女は怒りで顔を歪めて、こう捲し立てる。

「雑兵ごときが聖女に指図するんじゃないわよ！　こんなヤツらに治癒魔法を使っても、私の威厳が高められないじゃない。傷ついたレオン様を颯爽と助ける——それこそが聖女として求められた仕事であり、なによりも目立つわ」

「とうとう本性を現しましたね」

「あんたに猫を被っても、得がないと思ったからね。何故なら——」

コリンナは辺りを見渡し、高らかな声でこう告げる。

「私は聖女！　神の代弁者とも言われる存在！　聖女の魔法は貴重。ここにいる騎士の大半はゴミみたいなもん。そのために私が聖女として振る舞う必要はないわ！　何故なら——こんな雑兵どもの言葉には、誰も耳を傾けないのだから！」

その言葉に私とアレクさんは思考が停止する。

コリンナのあまりにも身勝手な理屈に、呆れ返ってしまったからだ。

見れば、彼女の護衛騎士もただ黙って話に耳を傾けているだけ。

教会から派遣されてきたのだと思うけど、どうやら彼らは彼女の本性に気付いているようだった。

確かに——ここでは命の値段は安い。


だからこそ、なによりも重視される。

見捨てていい命などないし、あっていいわけがない。

それを根底から否定されるような言葉を吐かれて、私は初めて恐怖が消え、彼女への怒りが上回った。

「ふう……バカと会話をするのは疲れるわね」

コリンナは肩をポキポキと鳴らし、

「分かったら、さっさとお菓子でも用意しなさい。レオン様が来るまで、ここで待ってあげるから」

とその場を後にして、塔の奥へ向かおうと歩を進めた。

「出口はそちらではありませんよ」

――水面に石が落とされ、波紋が広がる。

「はあ？」

コリンナは一瞬、なにを言われたのか分かっていないよう。

何故なら。

「聞こえなかったのですか？　出口はそちらではない――と言ったのです」

「あ、あんた……っ」

ようやく理解が追いついたのか、コリンナがわなわなと震え出す。

私は怯まず、塔の出口の方を指差した。

「この場から去りなさい！　ここはあなたが居ていい場所ではございません！　そして命を軽んじるその言動――取り消しなさい！」

「こんのっ！」

コリンナが私の胸ぐらを掴み上げる。

それに対して、アレクさんがすぐに駆け寄ろうとするが、私はそれをさっと手で制する。

「あんた、随分反抗的な態度になったわね？　公爵夫人になった程度で、私の上に立ったつもり？」

「上だとか下だとかいう問題ではありません。ただ――私は公爵夫人として、ふさわしい行動をとる必要があります」

結婚契約書条項——公爵夫人としてふさわしい姿や行動を心がけること。

「ここで退けば、公爵家自体が聖女ごときに舐められます。だから私は一歩も退くつもりはありません。これ以上、あなたと同じ空気を吸っていることすら不快です」

「——こ、殺すっ！」

コリンナが扇を振り上げる。

しかし私は彼女から視線を逸らさない。

そんな態度がさらにコリンナの怒りに拍車をかけることになってしまったのか——彼女が扇を横薙ぎに払い——。


「聖女様に手を出すな」


その時——声が聞こえた。

アレクさんでも、コリンナの護衛騎士でもない。

聖女と言われ、コリンナは一瞬反応してしまい、扇を払う手を止める。

私と彼女が一緒に声のした方に振り返ると……。

「マルコさん……」

ついさっきまで、ベッドで横になっていたマルコさんだった。

まだ完全に傷は癒えていないはずなのに。

少し喋るだけでも激痛が走るはずなのに。

彼は右腕を押さえ、ふらふらとした足取りで近寄る。そしてコリンナの右手を摑んだ。

「さっきから聞いてたが……お前は一体何様だ？　俺らの命をなんだと思ってる？　目障りだから、さっさと帰ってくれ」

「せ、聖女に向かって、あんたどんな口の利き方を……」

「聖女？　フィーネ様のことか？　なんでお前の話になる？」

マルコさんの物言いに、コリンナは眉間をピクピクさせる。

額に青い筋を立てて、今にも血管が破裂してしまいそうだ。

「こ、この者をさっさと捕らえなさい！　王都に連れ帰って、聖女への不敬罪で裁く……」

「ほほお？　誰を連れ帰るんだ？」

マルコさんとは別の声が聞こえて、コリンナがハッと後ろを振り向く。さっきから前を向いたり後ろを向いたりで大忙しだ。

そこには――いつの間にか騎士のみなさんが集結し、コリンナたちを取り囲む。

「みなさん……」

その圧巻の光景に、私は言葉を失ってしまう。

「バカでかい声だったから聞こえちまったが……お前、本当に聖女か？　俺らの命なんてどうでもいいのか？」

「確かに命は平等じゃないかもしれない。レオン様と俺らでは命の重みが違うかもしれない」

「だがな……レオン様やフィーネ様は、決してそんなことを言わなかった。知ってっか？　レオン様はいつも『生きて帰るんだ』って命令をくれるんだ」

「お前の言葉は戦場をバカにするもんだ。たとえ聖女でも聞き捨てならねえな」


みなさんは口々にコリンナを弾劾していく。

「くっ……！　言わせておけば……！」

その迫力に押され、コリンナが一歩後ずさった。

しかし彼女の負けん気も人一倍だ。

すぐに自分が連れてきた護衛騎士に、

「そこでぼーっと突っ立ってないで、こいつらを捕らえなさいよ！　最悪殺しちゃってもいいわ。私があんたらの殺人罪を握り潰してあげるから」

と命令を下した。

とはいえ、さすがの彼らもそれを愚直に守るわけにはいかない。

「む、無茶言わないでくださいよ！　相手は何人いると思っているんですか⁉」

「ランセル騎士団といったら、国中から選ばれた最強の騎士が集まってるんですよ？　しかも戦慣れもしている！」

「俺らが勝てるわけありません！　逆に殺されてしまいますよ！」

護衛騎士のみなさんは戦力の差を十分に理解しているらしく、コリンナに反論する。

見るからにおろおろしていて、ちょっと可哀想なくらい。


「ちっ……！」


舌打ちするコリンナ。

本来ならここで諦めるところだろう。

だけどこれで引き下がってくれるなら、私もコリンナの暴虐っぷりに頭を悩ませていないのだ。


「私は聖女よ⁉　私の治癒魔法は本物だわ。今までだって、たくさんの人を癒してきた。怪我人も多いのに、私を追い返していいのかしら？　あんたらが気に食わないからって、仲間の命を危険に晒すとでも？」


コリンナの言葉に、騎士のみなさんは「くっ……」と顔を歪ませる。彼女の言うことにも一理あるからだ。

仮にコリンナが「レオン様以外は助けない」と言っても、頼み込めば治癒魔法の一つや二つは使ってくれるかもしれない。

だから彼らは悩んだ。

一時の怒りで聖女を追い返すことが、果たして正義なのだろうか——と。

ここでは命の値段は安い。

だから、なによりも——それはたとえ、悪人を引き入れることになっても、仲間の命を救うためなら彼らは喜んで毒も飲む。

さすがコリンナ、頭が回る。

だてに聖女として、教会内で立ち回っているわけじゃないか。

「……本当はこんなところで切り札を出したくなかったんですけどね。まあフィーネ様の成長した姿も見られたしいいでしょう」

しかしこちらの反撃は止まらない。

アレクさんが一歩踏み出し、胸元から一枚の紙を取り出した。

「フィーネ様がレオン様に嫁いでこられてから、こちらで独自にあなたについて調査させていただきました」

「はあ？　一体誰の許可があって……」

「一応言っておきますが、あなたの許可はいりませんよ？　あまりにあなたが怪しいから、レオン様の命令で調べていただけのことです。すると……出てくる出てくる」

アレクさんはニヤリと笑って、紙切れを見ながらすらすらと語り始めた。

「まず、あなたは多額の献金を受け取り、貴族の病気や怪我を治している。貧乏人には用がないんですかね？　献金を払えない者に対しては冷たく、たとえ死にそうな人が目の前にいても助けることはない」

「で、でも！　それは私の治癒魔法に価値があるからよ！　命を助けてもらったんだから、どれだけ多額なお金を払っても文句は言えないでしょ？」

「命を助けて……ねえ」

アレクさんの笑みに、コリンナはぶるっと身震いする。

顔が青白くなっていくコリンナの一方、アレクさんは気持ちよさそうに話を続けた。

「治しているのは、命に別状がない捻挫や風邪といった軽いものだけらしいですね？

治癒魔法の力――だんだん弱まっているんでしょう？　確かに昔は優秀な治癒士だったかもしれませんが、今はその限りではない。この書類を読む限り、私はあなたが騙し騙し簡単な治癒魔法を使って、貴族から金を巻き上げているようにしか思えないのですよ」

「……っ！」

これには反論出来なくなったのか、コリンナが口を噤む。

それを好機と見たのか、アレクさんの追及はさらに激しくなる。

「この程度の弱小治癒士。わざわざ我慢して引き入れるほどではないと思いますけどねえ？　まあちょっとはフィーネ様の負担は減るかもしれませんが……フィーネ様はどう思います？」

「必要ありません。ここにおいて、妹はただの邪魔者ですから」

「だ、そうですよ――弱小治癒士さん」

「わ、わ、私が弱小、治癒士……」

「だってそうでしょう？　聖女なんて名はあるものの、それは過去の栄光。今のあなたでは姉のフィーネ様の足元にも及ばない」

それがトドメとなったのか、コリンナはその場で項垂れた。

「ア、アレクさん。その資料、どうしてここに持ってきていたのですか……？」

「嫌な予感がしたものでしてね。念のために持ってきておいたのです」

こちらの方が一枚も二枚も上手だったみたい。

だけど……コリンナの治癒魔法の力が弱まっているだなんて、予想外だった。

それを思えばあの時、レオン様を助けられずに逃げ出したのも頷ける。

「コリンナ……」

「…………」

私が話しかけても返答はない。

側から見れば、完全に白旗を上げているように見えるだろう。

だが、私はコリンナの諦めの悪さを知っていたので、気が抜けなかった。

「……私が姉のフィーネに劣る……？」

獣が呻くようなコリンナの声を聞いて、私はふと昔の記憶が甦った。

あれはまだ、コリンナも治癒魔法の力に目覚めていない頃。

彼女はとあることをきっかけに、怒りを撒き散らすことがあった。

それは――私に負けた時。

どんな些細なことでもいい。

ちょっと歩くのが私より遅いってだけで、彼女は癇癪を起こした。

『どうして、私がフィーネより下なの！』

その頃からコリンナを溺愛していた両親は、彼女になにも言わなかったけど……私は妹の怒りが収まるまで、頭を抱えるしかなかったのだ。

激怒している時の彼女の体からは、黒い煙が放出しているように見えた。

それは両親には見えなかったみたいだから、私の幻覚だと思っていた。

そして今。

コリンナの体からは黒い煙のようなものが出ている。

久しぶりに見たそれに、頭の中で警鐘が鳴り響いた。

「いけません！　みなさん、コリンナから離れてください！　こうなった彼女は手が付けられな……」

しかし言うのが遅かった。

黒い煙が爆発したと同時、顔を上げたコリンナの瞳は血のような赤い色をしていた。

◆　◆

それに気付いたのはいつ頃だろう――。

ある日、コリンナはなにげなく治癒魔法を使おうとした。

しかし治癒魔法は上手く発動してくれず、代わりに手から漏れ出たのは黒い煙のような魔力であった。

不思議に思ったコリンナは独自にその魔力を調べ、やがて一つの事実に突き当たる。

――闇魔法。

どうして私がこんなものを――と当初はコリンナも不安に感じたが、すぐに思い直す。

これなら姉に勝てる。

そう――誰も気付いていなかったけど、フィーネに治癒魔法の才能があることをコリンナは見抜いていた。

人から教えられることもなく、家の中にあった本を読んだだけで姉は治癒魔法を習得した。

戦場に軍医として放り出しても野垂れ死にせず、だからといって役立たずと追い出されることもない。

姉は紛うことなき天才だった。

しかしそれを口にしてしまえば、自分は劣等感で押し潰されてしまう。

ゆえにその事実から目を背けることによって、いつしかコリンナからそんな考えは消え去っていた。

だが、闇魔法に覚醒した時——思い出してしまったのだ。

それは禁断の扉が開かれた時だった。


——コロセ。


それから時折、コリンナの頭にはそんな声が響くようになっていた。

声は次第に大きくなっていき、それと比例して治癒魔法の力も弱まっていくことも実感した。

早くこれを手放さなければならない。

そうしなければ大変なことになる——それは分かっていた。

だが——出来なかった。

だって、これがあればもう二度と、姉に対する劣等の感情を思い出さなくてよくなるからだ。

そして今。

『……私が姉のフィーネに劣る……？』

——コリンナは再び思い出してしまった。

——コロセコロセコロセコロセコロセコロセ。

もうこの負の感情を堰き止められない。

——もういい。

気に入らない人間は全て殺せ。

敵がいなくなれば、私が頂点だ。

黒の煙は炎となって爆発する。

◆　◆

「フィーネ様！　私の後ろに！」

アレクさんが私の前に立ち、剣を構える。

『コロ……す、コロ……』

自分の顔を右手で覆っているコリンナ。

爪が獣のように長く、髪が逆立っていた。あれだけいつも美容に気を遣っているコリンナとは思えない。そのくらい、今の彼女は異形の風貌であった。

「コリンナ……あなたは一体……」

「フィーネ様、あの者にもうあなたの声は届かないものかと。この状況——私は一つだけ心当たりがあります」

「心当たり……？」

「剣神について、レオン様と調べていた時に分かったものですが——説明は後です」

焦燥感を含ませた声で、アレクさんはこの場にいる動ける騎士全員に命令を発する。

「その者を今すぐ捕らえよ！　生死は問わない。相手を人間と思うな。獣だと思え。なんとしてでも、ここで食い止めるのだ！」

それに対して、騎士の間で動揺が広がったのは一瞬だった。

まだ状況を理解しきれていない者も多いだろう。しかし考えている余裕はないと悟ったのか、一斉にコリンナの元へ殺到する。

さすが修羅場を何度も乗り越えてきた、歴戦の猛者（もさ）たちである。

しかしその前に、コリンナの連れてきた護衛騎士が立ち塞がる。

「悪いな。いくら性根が腐っている聖女とはいえ、俺らは彼女を守るのが仕事」

「そう簡単に聖女様を殺させるわけにはいきません」

護衛騎士の実力もなかなかのもの。彼らのせいで、コリンナに接近出来ずにいた。

「そんな悠長なことを言っている場合ではありませんよ」

アレクさんがいなくなったかと思うと……気付けば、彼はコリンナの護衛騎士の後ろに回り込んでいた。

「ぐ、はっ……なんだこの速さ」

「まさか疾風の騎士（ラピッドナイト）……」

それがその護衛騎士の最後の言葉だった。

アレクさんのその右手には、いつの間にやら剣が握られていた。そして剣先を地面に向けると、護衛騎士は地面にゆっくりと倒れた。

「……その異名であまり呼んで欲しくないんですけどね」

とアレクさんが肩をすくめる。

そしてすぐさまコリンナの方へ向き直り——またもや姿が消失。

だけどそれは本当に消えているわけではない。

速すぎて、私の目じゃ動きが捉えられないのだ。

本来なら、それで決着が付くはずだった。

『私の邪魔すんじゃないわよ！』

反響したような不思議な声音。

彼女が前に手を突き出したかと思うと、闇の衝撃波が出現。

それが直撃したアレクさんは、遥か後方に吹き飛ばされた。

「アレクさん！」

すぐさま彼を助けようと、駆け出そうとする。

しかしそんな私の前にコリンナが立ち塞がった。

「どきなさい！　私のことが気に入らないなら、あとでいくらでもぶってくれていいから！　今はアレクさんのところへ……」

『あんたが私に命令するな！』

コリンナの持っている扇が闇の炎で包まれる。

扇は焼失するどころか、どす黒い色に変色し、禍々（まがまが）しさを纏（まと）った。

『それにぶたれるだけで済むと思ってんの？』

ゆっくりと扇が振り上げられる。

それは殺意の塊であった。

『あんたはここで死ぬのよ』

振り下ろされる扇が、やけにスローモーションに見えた。

あっ、私……ここで死ぬんだ。

直感でそれを理解する。

「ちぃぃぃいっ！」

しかし――扇を剣で受け止め、運命に抗（あらが）う男性がいた。

「アレクさん！」

アレクさんが早くも体勢を整えて、私を守ってくれたのだ。

「フィ、フィーネ様……私を置いて、どうか逃げてください。この者は私の命がなくなろうとも、ここで止めます」

「そ、そんなっ！　でもアレクさん、そんなに傷ついてるのにっ！」

ジリジリと押されていくアレクさん。

頭からは血を流し、今にも倒れてしまいそうだ。

だけどアレクさんは引かない。それは私がすぐ後ろにいるからだろうか。

「待ってください。今すぐ治癒魔法をかけ――」

と言いかけた時であった。

『だから……私の邪魔をするなああああ！』

コリンナの周りを中心として、闇の嵐が吹き荒れる。

その衝撃に負け、私とアレクさんは散り散りに吹き飛ばされた。

私は壁に強く体を叩(たた)きつけられ、すぐに悶絶(もんぜつ)する痛みが襲いかかってくる。痛みで意識が遮断されそうになるが、寸前のところで我慢。前を見据える。

『ふふふ。あんた、顔だけはいいじゃない』

するとコリンナがアレクさんの顎に手をかけ、うっとりとした様子で彼を見つめているところであった。

『あんた、私の男にならない？　愛人の一人として、ボロボロになるまで使い捨ててあげるわあ』

「……お生憎様(あいにくさま)」

ボロボロのアレクさん。喋るだけでも辛いのだろう。

しかしアレクさんは微笑みを浮かべて、彼女にこう言葉を吐きかけた。

「私はこれでも面食いなんですよ？　だから、あなたのものになる気はない。たとえどんな対価を払われてもね」

『あっ、そう。じゃあ、あんたはいーらない』

「アレクさん！」

私は手を伸ばすが、それでアレクさんを救えるわけもなく。

コリンナが興味をなくしたかのように、アレクさんを片手で軽々と放り投げた。

アレクさんは為す術なく、そのまま地面に体を強く叩きつけられ、動かなくなってしまった。

「――っ！」

悲鳴が出てしまいそうなのを、寸前で堪える。

そんなことをしても、アレクさんを救えないからだ。

『コロす、コロす、コロす……妹より優れた姉なんて、私には必要ないのよ』

私の行く手を阻むように、コリンナがゆっくりと歩を進める。

身長は私とほとんど変わらないくらい……だったはずなのに、妙に今の彼女は大きく見えた。

他の騎士たちも、私を助けようと駆け出そうとする姿が見える。

しかしコリンナの背中から、漆黒の触手なようなものが生えていた。

彼女はそれを自由自在に操り、騎士たちの前進を遮っていた。

ああ……今度こそ死ぬ。

そう覚悟を決めても、目は瞑らない。

戦場で目を背けるヤツは、愚か者と恩師に教えてもらっていたからだ。

ゆえにコリンナが手を振り上げ、私に迫ってくる光景もはっきりと見えていた。

「フィーネ！」

誰かが私の名前を呼んだ――気がした。

次に来るであろう痛みを待っていると……その代わりに、ふんわりと温かくて柔らかい感触が私の体を包んだ。

どうやら私は誰かに抱えられているらしい。

訳も分からず、ゆっくりと顔を上げると――。

「レオン様！」

そこには私の夫である――レオン様のお顔があった。

「フィーネ、無事か……？」

コリンナから少し距離を取って、レオン様が私の体を気遣ってくれる。

「はい、大丈夫です。でも私のことより今は……」

『いちゃいちゃしてんじゃないわよ！』

彼女が纏っている闇がさらに深いものとなる。

ここに立っているだけで頭がクラクラするような、そんな深い闇だ。

コリンナは再び私たちに襲いかかろうとするが……。

「おっと、お前さんはオレが相手をする」

コリンナの後ろから、熊のような大きな体をした男が現れる。

彼は一切の躊躇(ちゅうちょ)なく、コリンナの脳天に大剣を振り下ろすが――闇が盾状に変化をし、攻撃を防いだ。

「ゴードンさん！」

「もう大丈夫だ。よく持ち堪えたな」

とゴードンさんはニカッと笑う。

そしてすぐに、コリンナとの戦いを再開させた。

「うおおおおおおお！」

何度も何度も剣を振り下ろす。

しかしコリンナの体には届かない。

大地が震えるような連撃を、彼女はその身に纏った闇で防いでいるのだ。

『こんのっ……邪魔よ！　私の邪魔をしないで。あんたも殺すわよ？』

「ほお……じゃあ、やってみるんだな！」

コリンナと戦っているゴードンさんは、どこか楽しげだった。

とはいえ、若干ゴードンさんが押されている。

体格差は言わずもがな——いつものコリンナならこんなに戦えないはずなのに、彼女の身になにが起こっているのか。

「闇魔法だ」

私の疑問を察したのか、レオン様が戦いの様子を注意深く眺めながら、そう口にする。

「闇魔法……？　コリンナがですか？」

「ああ、剣神も闇魔法の使い手だった。剣神はなにかを知ってそうだったが……ヤツの言う真の聖女とはコリンナのことだったのか」

レオン様から言われて混乱する。

しかし今は一つ一つを問いただしている場合ではない。

使い手が希少とされている闇魔法。強力で、一兵の使い手がいればそれだけで戦況を大きく変えられるという。

それは今のコリンナを見れば一目瞭然だ。

「剣神はどうされたんですか？」

「倒した。だが、コリンナの闇魔法はヤツの比じゃない。彼女の魔法は紛い物じゃないとヤツは言っていたが——どうやらブラフじゃなかったようだ」

「なら、どうすればコリンナを止めることが出来るのでしょうか？　なにか当てでも？」

「それは……」

レオン様は私の顔を見て、なにかを言いかける。

しかしすぐに顔をさっと逸らしてしまった。

……言おうか言うまいか、悩んでいるようだ。

「レオン様」

私はそんな彼を一直線に見つめて、こう言う。

「言いたいことがあるなら、全部言ってください。この状況で、無用な気遣いは不要です」

「これはここに来るまでの道中、闇魔法の使い手が塔に現れているかもしれない——と考えてから閃（ひらめ）いていた方法だ。しかし本当に上手くいくかも分からないし、君が危険になるかもしれないんだ」

「私の身が？」

レオン様は一体なにを言いたいんだろう……。

でも、それなら尚更（なおさら）言わない理由がない。

「私の身を案じているなら、それも必要ありません。この戦場に立った時から、私は軍医としてみなさんと一緒に戦う覚悟をしています。それは死ぬ覚悟すらも——です」

そう——軍医は必ずしも安全というわけではない。

野営地が強襲され、敵兵に命を取られかけた経験は一度や二度じゃない。

不安で眠れない夜をいくつも越してきた。

でも——私が戦場から逃げようとしたことは一度たりともない。

「自分だけを安全圏に置くつもりはありません。レオン様、どうか教えてください」

「……分かった」

覚悟を決めたのか、レオン様は私にこう言った。

「――っ、――」

「え？」

戦いの雑音が混じっているせいで、一瞬聞き間違いだと思ってしまった。

私がきょとんとなってレオン様を見ると、彼は「聞き間違いじゃない」と言わんばかりに頷く。

「俺とゴードンが必ず隙を作る。その一瞬の好機にフィーネ――頼めるか？」

「お任せください！」

こういう時は「出来るかどうか分からないけど」なんて言葉は不要だ。

レオン様は私に命を預けてくれた。ならば私はその期待に必ず応えなければならない。

勝利が絶対の答えだ。

「ゴードン、助太刀するぞ！」

レオン様は私から離れて、ゴードンさんと共にコリンナと戦い出した。

『ちっ……鬱陶しいわね。さっさと死になさいよ！』

さすがのコリンナも二人相手だったら苦戦するみたい。


――強い。

レオン様とゴードンさんが戦っている様を見て、私はそう思ってしまう。惚れ惚れ（ほれぼれ）するような戦いっぷりだ。

だけど見惚れている場合じゃない。

私は二人がコリンナを食い止めている間、まずは素早くアレクさんの元まで移動した。

「アレクさん、すぐに癒しますね――ヒール」

緑色の光がアレクさんを包む。

すると「ん……」と声を出して、彼が瞼を開けた。

「よかった。生きててなによりです」

「この程度では死にませんよ」

ふんわりと微笑むアレクさん。

外傷は酷いが、命に別状はないみたい。戦うのはちょっと厳しそうだけど、治癒魔法もかけたし、あとはゆっくり休めばすぐに全快するだろう。

「レオン様とゴードン……来てくれたのですね」

「はい。手短に話しますが、今のコリンナは闇魔法を使って戦っているそうです」

「闇魔法――やはり……」

アレクさんはなにか思い当たるところがあるのか、それを聞いて納得しているようだった。

レオン様と調べていたというのは、このことだったのだろうか。

「ならば、果たしてどうすれば……闇魔法の使い手が相手だと、あの二人でも厳しいかもしれません。やはりここは私も加勢に……」

「その必要はありません」

立ち上がろうとしたアレクさんを手で制す。

「し、しかし……」

「怪我人はおとなしくしていなさいっ！　大丈夫。全部なんとかなりますよ」

私はわざと強い口調でアレクさんに言い聞かせる。

アレクさんは呆然（ぼうぜん）として、すぐに「は、ははは」と笑みを零した。

「すみません、呆気（あっけ）に取られてしまいまして。そうですね——なにせ、こちらには勝利の女神がいるのですから。あなたが後ろで控えている限り、レオン様は絶対に負けない」

「ええ、その通りです」

私はアレクさんと言葉を交わしながら、たった一度しか訪れないはずの好機を見定める。

「レオン！」

「分かった！」

最低限の言葉でレオン様とゴードンさんは意思を交換する。

二人の間には、互いに対する絶対の信頼感があった。

ゴードンさんが囮（おとり）役になって、コリンナの気を引く。その隙にレオン様が、彼女の右腕に剣を突き刺した。

『バカね、全然痛くないわよ』

しかしコリンナは怯（ひる）まない。左手に扇を持ち替え、レオン様の頭を叩き潰そうとする。

「お前が痛みを感じていないのは、戦っていて分かったよ。しかし――それが災いした。一旦、お前はここで引くべきだった。だが前に進むなら――」

『なっ！』

前に向かってくるコリンナの動きに合わせて、レオン様が一歩後退する。

するとコリンナがバランスを崩し、床に転倒してしまった。

「うおおおおおお！」

剣はまだコリンナの右腕に刺さったまま。

レオン様は剣を両手で握り、右腕を床に縫い付けるかのごとく突き刺した。

「フィーネ、今だ！」

「ありがとうございます！」

私は目を瞑り、手をかざす。

失敗は許されない！

二人が紡いでくれた好機を逃さないため、私は意識を魔法に集中させた。

――あなたの力は愛する人のために使いなさい。

懐かしい――お母様の声がした。

今ならその意味が分かる。

私はこんなにも、みなさんを守りたいと思っている！

目を閉じて集中する。

喉元に込み上げる衝動が魔力だ。

それを吐き出すかのごとく、一気に放出する。

次の瞬間——目の前が真っ白になった。

「やはりこの光は——光魔法。確信した。君こそが俺たちにとって真の聖女だ」

視界が光に包まれていてどこにいるか分からないけれど、レオン様がそう言っている声が耳に入った。


——光魔法。


あのマナが汚染された土を浄化した魔法——やっぱりあれは治癒魔法じゃなくて、光魔法だったんだ。

薄々気付いていた。

あれはただの治癒魔法じゃなくて、光魔法ではないかと。

だけど自分の力を信じることが出来ず、「そんなわけがない」と何度も否定してきた。

「もう迷わない」

土を浄化した時とは、比べものにならないくらいの魔力。

あの時みたいに倒れそうになってしまうが、ギリギリのところで意識を繋ぎ止め、コリンナが纏う闇魔法を浄化していった。

『ど、どうして……あんたが。私はまだ、あんたに負けてるっていうの……？』

逃走しようともがくが、右腕が床に縫い付けられているせいで動けないコリンナ。

そんな彼女の姿に、私は幼い頃の光景を重ねる。

ずっとずっと昔――。

まだどっちが上だとか下だとか、お互いに考えなかった時代――。

最初は仲がよかった。

両親は私たちの関係に不満げだったけど、私は自分に妹が出来たことに嬉しさを感じていたのだ。

コリンナの手を取って公園に行き、辺りが暗くなるまで目一杯遊んだ。

その帰り道、コリンナが転んでしまって泣き出してしまった。


「大丈夫、お姉ちゃんがいるからね」


そう言ってコリンナに手を差し出すと、彼女は泣き止んで手を握ってくれた。

どこで道を違えたんだろう。

どこで間違ってしまったんだろう。

だけどこれだけは言える。

「私はあなたのお姉ちゃんだから」

優しく微笑む。

コリンナは今にも泣き出しそうなくらいに、顔をくしゃっとさせた。

それが子どもの頃、まだ泣き虫だった彼女の姿と重なった。

『嫌だ。死にたくない。私、こんな魔法を使いたくなかった。私はあんたに負けたくなかっただけ。助けて――』

「大丈夫、お姉ちゃんがいるからね」

彼女に手を差し出す。


「浄化(ヒール)」

神々しい光が一ヵ所に集約していき、やがてコリンナの体を包んだ。


『お姉――ちゃん』

最後にコリンナが私をそう呼んでくれた。

そして――光がなくなった頃には、コリンナは地面に倒れ伏して目を閉じていた。

その身に纏う闇は既に消失している。息をしているのが見えるし、死んでいるわけではなさそうだ。

「はあっ、はあっ……」

さすがにこれだけ一気に魔力を放出したから、もう体がふらふらだ。

「私でもちゃんと出来た。レオン様……褒めてくれるかな？」

「フィーネ！」

レオン様がすぐに駆け寄ってくる。

私は彼の胸に体を預けた。

「大丈夫か！　フィーネ！」

「ふふ、大丈夫ですよ。でもちょっと疲れました。だから……もう少し胸を貸してくれますか？」

「ああ、フィーネの気が済むまで、俺はずっと君を離さないでいよう」

「ありがとう……ございます……」

レオン様の体の温かさが心地いい。

こんなに心地いいのは遠い昔、お母様に抱っこされた時以来かもしれない。

「それからレオン様――」

「なんだ？」

「ようやく私の名前を呼んでくれましたね。私はそれがなによりも嬉しいです」

「――っ！」

目を閉じる前。

赤くなるレオン様の顔が、瞼の裏に焼きついたのであった。

エピローグ

——あれから数日が経過した。


「ようやく落ち着いてきたな」

俺——レオンは執務室で紅茶を啜りながら、今回の事件についてアレクと話し合っていた。

「そうですね」

最初は帝国が事前の予告もなしに我が国の国境を越え、戦争を仕掛けてきたことが始まりだった。

戦いは熾烈を極めたが、帝国の最強の剣士である剣神バティストを捕らえたことにより、我々の勝利となった。

それだけならハッピーエンドなのだが、胸騒ぎがして急いで塔に帰ってみれば——聖女コリンナが闇魔法を使い、フィーネたちを追い詰めていた。

幸いフィーネが光魔法を覚醒させたおかげでことなきを得たが……紙一重の戦いだった。

もしかしたら今頃、こうして平和に紅茶を飲めなかったかもしれないと考えると、ぞっとする話だ。

「あの二人はどうだ？」

「剣神と聖女——失敬。あんなものは聖女ではありませんね。まずはコリンナについてですが、王城の地下に投獄されています。驚くくらいに、おとなしくしているそうですよ。もっとも……囚人用の料理は舌に合わないみたいで、どんどん衰弱していっているそうですが」

「まあ今まで贅の限りを尽くしてきただろうからな。それくらいの報いは受けて当然だ」

と俺は息を吐く。

聖女コリンナ――とはいえ、聖女の名は剝奪されたのだが――はすぐにその身を拘束して、国王陛下にも報告した。

光魔法の使い手もそうだが、闇魔法の使い手はもっと少ない。

そもそも我が国では忌避される傾向があるので、仮に闇魔法が使えた者がいるとしても、国が事実を隠蔽しようとするためだ。

陛下はこの事態を重く受け止め、コリンナをひとまず牢屋の中に閉じ込めることにした。

死罪にならなかったのは、なんだかんだで闇魔法の使い手が貴重だからだ。

今頃は囚人として過ごしつつ、闇魔法の実験台にされているだろう。

彼女のしでかしたことにふさわしい、なかなか辛い日々を送らされているだろうが……俺の知ったことではない。

「剣神バティストにつきましても、王城で尋問されているようですが、結果はあまり芳しくないようです。とはいえ、全く情報を出さないかと言われるとそうでもないらしく、扱いに困っているようです」

「まあ予想通りだな」

「あ、あと――剣神は気になることを言っているそうで」

「気になること？」

「はい。なんでも『真の聖女はコリンナではない。真の聖女は別にいる』と言っているそうです。まあ実際、コリンナは聖女の名にふさわしくなかったので、剣神は至極当然のことを言っているのですが」

「…………」

一頻り考える。

これが剣神バティストの言葉ではなかったら、さらりと聞き流していたかもしれない。

だが、アレクがわざわざ言ってくるほどだ。彼もこの情報は重要だと考えているのだろう。

ならば。

「真の聖女――フィーネのことを指しているのか。剣神から真の聖女という単語を聞いた時、まだ彼女は光魔法の力に完全には覚醒していなかった。ゆえに、剣神はそれよりも前に情報を摑んでいたのかもしれないな」

「可能性はあるかと」

アレクが首を縦に振る。

「フィーネがあんな土壇場で、まさかあそこまで完璧に使いこなせるものとは思っていなかった。俺からフィーネに提案したことだったんだが……上手くいってよかった」

「そのせいで、フィーネ様は倒れてしまったわけですが」

「ぐっ、痛いところを突くな。しかしあれは緊急事態だったんだ。フィーネの力を使わなければ、もしかしたらあの場にいる全員がコリンナに殺されていたかもしれない」

闇魔法というのはそれほどの力を持っているのだ。

剣神のあの異常な強さを見ていれば、それは嫌でも理解出来る。

「俺とゴードンでも、コリンナの動きを止めることしか出来なかったんだぞ？　あの時はあれが最善の策だった」

「レオン様の言う通りかと。それに……フィーネ様のお体も無事でしたし」

「うむ」

フィーネが目を閉じた時は肝を冷やしたが……彼女はその後、一時間もしないうちに目を覚ました。

どうやら疲れて、眠っていただけだったらしい。

意識もはっきりしているようで、自分で立つことも出来ていた。

侍医も呼んで、フィーネの体の調子を診させているが……健康そのものだと言っていた。彼女も
『こんなに大層なこと、してくれなくていいのに……』と申し訳なさそうな顔をしていたくらいだ。

「マナが汚染されている土を浄化した時とは、比べものにならないくらいの魔力を使ったはずだ。それなのに、あの程度で済んだとはな」

「フィーネ様も二度目とあって、光魔法を使うのに慣れてきたのでしょうか？　だとするなら……」

「ああ。この調子で光魔法を使っていけば、近い将来には倒れたりせず、光魔法を使用することも

可能だろう」

全く……すごい女性だ。

聖女と呼ばれた妹は魔女で、虐げられた令嬢は紛うことなき聖女だった。

「果たして、この事実が陛下の耳に入ったらどうなることやら……」

「やはり……フィーネ様が光魔法を使えることを、隠し続けるつもりですね」

「当たり前だ」

と俺は即答する。

光魔法の使い手の誕生となったら、人々から祝福されるだろう。

それに——丁度コリンナの悪事が暴かれたことによって、教会の権威は失墜しつつある。そこでヤツらはフィーネを『聖女』として崇め奉るに違いない。

「このことがバレれば、彼女が望む平穏は消えてなくなるだろう。暇な生活などもってのほか。彼女は聖女として死ぬまで働かされることになる」

「まあ……言えばなんでも買ってもらえるでしょうし、贅沢な暮らしは保証されるでしょうが」

「メリットがないとまでは言わない。しかし俺はフィーネにここからいなくなって欲しくないんだ」

彼女が俺に嫁いできて、そんなに日にちが経っているわけではない。

しかし彼女と過ごした日々は、いつしか俺の中で代え難い大切なものになっていた。

マカロンを美味しそうに食べるフィーネ。

服屋で楽しそうにしているフィーネ。

公園の芝生の上で寝っ転がって、気持ちよさそうにしているフィーネ。

そんな彼女を王家や教会に渡すことは、俺が耐えられなかった。

「最初はレオン様の一目惚れでしたよね。全く……フィーネ様への愛をちゃんと言葉にして伝えればいいのに、どうしてあんな結婚契約書まで作るのやら」

「い、いきなり、君に一目惚れしたんだ！　って求婚したら変なヤツだと思われるだろう⁉　だからあのような体裁を取ったのみ――というのは何度も説明していたよな？」

「何度聞かされても、到底納得出来ない理由ですね」

そう――一目惚れから始まった恋だった。

テントの中で目を開けた時、目に映ったフィーネの姿を見て――俺は初めて、恋の魔力に気付いた。

「俺はフィーネのことを愛している。この契約結婚に――愛は存在したんだ。彼女ともっと一緒にいたい」

とはいえ――。

「それも彼女の意思次第だがな」

ティーカップの中の紅茶がなくなると同時に俺は椅子から立ち上がり、部屋を後にしようとした。

「……とうとう聞く気になったんですね」

「戦後処理も落ち着いてきたし、今が聞き時だろう」

手が震える。

フィーネがどんな返事をするかと考えると……彼女を失うことの恐怖が押し寄せてきた。

しかしここで逃げるわけにはいかない。

これは彼女の人生にも関わる、大切なことだからだ。

「いってらっしゃいませ。良い返事をいただけなくても、骨なら拾ってあげますよ」

「そうしてくれ」

俺は苦笑し、フィーネがいる部屋へと向かった。

◆　◆

「ん……」

目を開ける。

窓のカーテンを開けると、すっかり朝日が昇っていた。

「ちょっと寝坊しちゃったかな……？」

別に用事があるわけじゃないけれど、早起きするのが癖になってしまっているので、朝日が昇ってから起きるのはなんだか悪いことをした気分になった。

「フィーネ」

ノックの音の後、扉の向こうから声が聞こえてきた。

レオン様の声だ。

「はい？」

「話があるんだ。入ってもいいか？」

「わ、分かりました。少し待ってくださいね」

私は手短に朝の身支度を済ませてから、扉を開けてレオン様を中に招き入れた。

「すまない、こんな朝早くから」

「いえいえ、問題ありません。そんなことよりお話というのは……？」

なにか、すっごく重要なことのような気がする。

レオン様は私を真っ直ぐ見つめて、こう口を開いた。

「先日のことだ。君は光魔法の使い手だった。その処遇に関しての話だったが……」

「……はい」

俯き加減に返事をする。

問題を先延ばしにしていたけど、とうとうやってきた。

レオン様がこれから言わんとすることが、さすがの私でも分かり、思わず息を呑んでしまう。

「光魔法の使い手は希少だ。本来なら、君の存在を陛下に報告する義務がある」

「………」

「とはいえ、そうなっても悪いようにはならないだろう。少々忙しくなるかもしれないが……地位は約束されたようなものだ。場合によっては『聖女』の肩書を教会から与えられ、人々からは尊敬の眼差しで見られることになる」

　レオン様は淡々と事実を口にする。

　そう……これは分かっていたこと。

　光魔法の使い手というのは、国にとってそれほど有益なものなのだ。

　コリンナの一件もあって、教会の権威は失墜している。教会は光魔法の使い手である私を、なんとしてでも担ぎ上げようとするだろう。

　だけど。

「……そうなったら、ここを出ていかなければいけませんよね？」

「そうだな。とはいえ、結婚が無効になることはないと思う。しかし……フィーネがこの屋敷に戻ってこられるのは、多くて半年に一回。今まで通りの生活は出来ないのだ」

　無表情のままのレオン様。

　ここまで事務的に言うのなら、もしかしたらレオン様にとってこの問題はどうでもいいのでは？

　……と思ってしまい、寂しくなる。

　だけど。


『俺は君のしたいことを全て叶えたいと思っている』

　あの思い出の公園で、レオン様が言ってくれた言葉を思い出す。

今まで自分のやりたいことは我慢してきた。

だって――私はお姉ちゃんだから。

だけど私も大人になったのだ。もうその呪縛から解き放たれても罰は当たらないだろう。

「私は……」

慌てずゆっくりと。

私は自分の考えをレオン様に伝える。

「地位なんて必要ありません。人々からの尊敬だなんて、私にはもったいないです。ただ……私はレオン様と一緒に暮らしたい」

それが先日からずっと考えてきた私の思いだ。

確かに、光魔法の使い手として王都に行けば、今まででは考えられないくらいの生活を送れるかもしれない。

歴史にも名が残るだろう。


しかし私にとっては、そんなもの――糞(くそ)くらえだ。


そんなものより、私はアレクさんやエマさん、ゴードンさん――そしてレオン様と平穏に暮らしたい。

「やっぱり、こう考えるのはダメなことですよね……？　私の存在を陛下に隠すとなったら、レオン様にも迷惑をかけますし……」

私の話を、レオン様は言葉を挟まずにしっかりと聞いてくれた。

そして溜め息を吐き。

「そんなことを考えていたのか。迷惑などというのは考えるな。俺はちっとも迷惑じゃない」

「で、でも……レオン様にとって、私はそこまでするほどの存在ですか？　なにせ、この結婚は契約的なもの。レオン様にとって利がないものとするなら、簡単に切り捨て……」

「フィーネ」

レオン様はそう言って、私の両肩を掴む。

え……？　と思うのも束の間、彼のキレイな顔がぐんぐんと近付いていった。

そして――私たちは口づけを交わしていた。

頭が真っ白になる。だけど幸せ。

レオン様の顔がゆっくり離れていくと、彼は少し照れた表情になった。

「まだそんなことを思っていたのか？　この結婚は契約的なものではない。俺は君に一目惚れし――そして愛している」

「愛して……」

「それともフィーネは俺のことが嫌いか？　俺が感じる君への思いは、一方通行だったのか？」

不安そうなレオン様の表情。

ここにやってきたばかりの頃なら、すぐに答えることが出来なかっただろう。彼への愛を信じきれなかった。

でも今なら言える。


「そんなことはありません。私もレオン様を愛しています」


意外にも恥ずかしがらずにちゃんと言えた。

私が言うと、レオン様は嬉（うれ）しそうに微笑（ほほえ）んで。

「……そうか。なら決まりだな。君が光魔法の使い手だという事実は隠蔽する。しかしいくら隠しても、いつかは漏れてしまうかもしれない。王族の連中が血相変えて、君を攫（さら）おうとするかもしれない。

だけどフィーネのことは俺が守る。攫わせないし、仮に攫われたとしても何度でも君を助けにいこう。それが夫である俺の役目だ」


――これからいっぱい、レオン様に迷惑をかけてしまうかもしれない。

だけどそこまでしてでも、私は彼と一緒になりたかった。

だから彼の目を真っ直ぐ見て、私はしっかりと頷くのであった。

「それから言いたいことはもう一つある」

「それはなんですか？」

レオン様は少年のように頬を一回掻いて、若干私から目線を外してこう言った。

「で、出来れば、君には俺を呼び捨てにして欲しいんだ」

「レオン様の名前を……？」

「そうだ。もちろん、公の場になったらそういうわけにもいかない場面が出てくるだろう。だが、せめて二人きりの時には『レオン』と呼んで欲しい。俺の我儘か？」

さっきよりも声が震えている。

ふふ、可愛い。

彼にとっては私に呼び捨てにしてもらうことの方が、断られる可能性が高いと思っているのだろうか。

「それくらいなら、お安いご用です。不束者ですが、これからもよろしくお願いします――レオン」

私がそう名前を呼ぶと、彼――レオンは心の底から嬉しそうな笑顔を浮かべたのであった。

あとがき

鬱沢色素です。

この度は当作品を手に取っていただき、誠にありがとうございます。

『戦場の聖女』は清く正しく生きる女性の話です。

主人公のフィーネはいつもはおとなしく、ちょっとしたことで自信をなくしたりします。さらには聖女と呼ばれる妹のコリンナの影に隠れ、家族内でも虐げられています。

しかし一度戦場に行くと、人が変わったように凛として自らの職務を全うします。彼女のことを『戦場の聖女』と呼ぶ者も現れ、フィーネ自身も自分の仕事に誇りを持ちます。

そんな彼女だからこそ、公爵騎士であるレオンに見出されたのでしょう。彼との結婚は、愛はない白い結婚——とフィーネは思い込みますが、どうやら様子が変なようで……？　といった感じの物語です。

鬱沢は不器用な男が好きです。当作品に出てくるレオンも公爵騎士としてみんなから尊敬されているものの、自分の気持ちを伝えることに関しては不器用そのものです。

レオンの不器用さ——そしてそれに応えようとするフィーネの健気さ。ぜひ、皆様も二人の不器用な恋愛模様を応援してくださいませ。

ここからは謝辞を。

担当の庄司様。いつもありがとうございます。おかげさまで、より良い作品になったと思います。今後ともよろしくお願いいたします。

イラストレーターの呱々唄七つ先生。素敵なイラストの数々、ありがとうございます。イラストからでも、レオンがフィーネを大切にしようと思っているのが伝わってきて、心が温かくなりました。本当にありがとうございました！

そして当作品は朱城怜一先生によるコミカライズが、好評連載中となっています。フィーネとレオンが漫画によって命を吹き込まれているところを見ると、感無量ですね。朱城怜一先生、ありがとうございます。こちらもよろしくお願いいたします。

さらにここでは名前を挙げられないくらいの、多くの方々にもご協力いただけました。この場を借りて、お礼申し上げます。

最後に――読者の皆様。いつもありがとうございます。今後もお付き合いいただければ幸いです。

では、また会う日まで。

鬱沢　色素

戦場の聖女
～妹の代わりに公爵騎士に嫁ぐことになりましたが、今は幸せです～

鬱沢色素

2023年9月28日第1刷発行

発行者	森田浩章
発行所	株式会社 講談社 〒112-8001　東京都文京区音羽2-12-21
電　話	出版　(03)5395-3715 販売　(03)5395-3605 業務　(03)5395-3603
デザイン	たにごめかぶと（ムシカゴグラフィクス）
本文データ制作	講談社デジタル製作
印刷所	株式会社ＫＰＳプロダクツ
製本所	株式会社フォーネット社

KODANSHA

ISBN978-4-06-531812-6　N.D.C.913　259p　19cm
定価はカバーに表示してあります

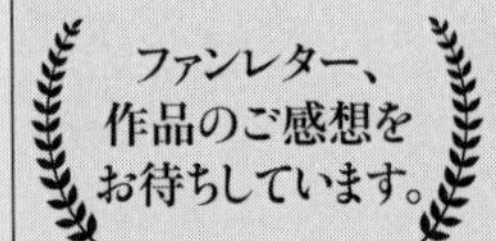

あて先　〒112-8001　東京都文京区音羽2-12-21
（株）講談社　ライトノベル出版部 気付
「鬱沢色素先生」係
「呱々唄七つ先生」係